Die Zeitkatzen-Chroniken:

Der Ruf der Vergangenheit

Tobias Böse

Henry Kadow

Die Zeitkatzen-Chroniken: Der Ruf der Vergangenheit

Tobias Böse
Mohnweg 8 50181 Bedburg

Henry Kadow
Cäsar-von-Hofacker-Str 9 60438 Frankfurt a.M.

1. Auflage 2024

Veröffentlicht über Amazon Kindle Direct Publishing

Kapitel 1: Tiger stolpert in ein Geheimnis

Tiger sprang mit einem Satz auf die Fensterbank und drückte seinen Kopf an das Fenster. Die Sonne zeigte sich schon am Morgen von ihrer besten Seite und ließ die Tautröpfchen auf den Grashalmen im Garten funkeln. Endlich hatte er ein Zuhause gefunden, in dem er sich wohl fühlte. Wie ein böser Traum schienen ihm die Wochen/Monate, die er mit seinen Freunden im Tierheim verbracht hatte, bis ganz unerwartet alle zusammen am Tag zuvor in dieses Haus gebracht worden sind.

Zufrieden schnurrte er und leckte sich sein kurzes grau-schwarz getigertes Fell, dem er wohl seinen Namen zu verdanken hatte.

Tiger war ein Draufgänger, der stets alles erkunden wollte. Gleichzeitig war er aber auch verschmust und suchte oft die Nähe seiner neuen Menschen.

Die weiße Fensterbank, auf der Tiger lag, war angenehm warm, doch er träumte von der Welt hinter der Scheibe.

Alle spürten, dass nach den langen, spannenden Wochen, in denen kein Eckchen des Hauses vor Tiger und seinen tierischen Gefährten sicher war, dass eine Veränderung in der Luft lag. Sie hatten die wunderbaren Düfte des Gartens durch das angekippte Fenster gerochen, die Sonnenstrahlen durch die Vorhänge gespürt und das leise Rascheln der Blätter draußen gehört.

An diesem besonderen Morgen hörten sie ein leises Klicken, als ihre Menschen die große Haustür entriegelten und offenstehen ließen. Verwundert schaute Tiger sie und dann wieder die Tür an. Es war nicht nur irgendein Durchgang - es war seine ganz persönliche Tür zur großen, weiten Welt des Gartens.

Aufgeregt trat Tiger an die Schwelle der Tür. Er konnte es kaum glauben: der Garten, dieses Paradies voller Geheimnisse und neuer Ecken zum Erkunden, lag nun direkt vor seinen Pfoten. Die Vögel zwitschern von den Bäumen, und der Duft von frisch geschnittenem Gras und Blumen kitzelte seine Nase. Mit einem freudigen Miauen und einem Kribbeln im Bauch, machte er den ersten Schritt in diese neue Welt.

Für Tiger und seine Katzenfreunde war der Garten ein Ort voller neuer Dinge. Eingebettet zwischen anderen Gärten, bot er eine Vielfalt, die jede Katze begeistern würde. Umgeben von perfekten Verstecken in den duftenden Kräuterbeeten und zwischen leuchtenden Blumen, befand sich in der Mitte eine große Rasenfläche – ein weicher, grüner Spielplatz.

Besonders anziehend wirkte allerdings ein großes, rundes Etwas, gefüllt mit Wasser, umgeben von einer festen, blauen Wand, die es zusammenhielt. Dieses seltsame Becken war für die Katzen ein Rätsel – es glitzerte verlockend in der Sonne, doch sie hielten respektvollen Abstand.

Ganz in der Nähe des spannenden Wasserbeckens gab es noch etwas Lustiges: Ein riesiges Netz umschlossen von noch einem Netz. Wenn die Katzen darüber liefen, federte es weich und wippte lustig auf und ab. Dieses Hüpfnetz machte den Katzen riesigen Spaß.

Das Gras kitzelte die Pfoten, wenn sie durch den Garten tobten und die Nase, wenn sie versuchten, es zu essen. Aus der Ferne, besonders in den frühen Morgenstunden und beim Dämmern des Tages, konnte man das leise, fast beruhigende Rauschen einer Straße hören.

Hoch über ihnen sangen Vögel ihre fröhlichen Lieder, während sie von Ast zu Ast hüpften. Wenn die Katzen ihnen zuschauten, spannte sich jeder Muskel an, bereit für eine wilde Jagd. Ab und zu konnte man, wenn man ganz genau hinhörte, das leise Rascheln kleiner Tiere im Unterholz vernehmen. Vielleicht waren es neugierige Mäuse, die sich durch das Dickicht bewegten und ihr eigenes kleines Abenteuer erlebten. Das gesamte Ambiente war einfach magisch und lud jeden ein, sich zu verlieren und die Schönheit der Natur zu erkunden.

Nach einigen Tagen, in denen er den Garten gründlich erforscht hatte, wagte Tiger einen Blick über den Gartenzaun. Draußen erstreckten sich weitere Gärten, Hinterhöfe und dazwischen kleine Pfade. Es war so verlockend!

Während Tiger leise und vorsichtig seinen Weg durch die unbekannte Umgebung bahnte, bemerkte er nicht, wie der Himmel sich allmählich verdunkelte und die ersten Sterne zum Vorschein kamen. Die Dämmerung hatte eingesetzt, und der ehemals helle Tag wich einer geheimnisvollen Abendatmosphäre. Sein flauschiges Fell glänzte im schwindenden Licht, und seine Pfoten setzten fast lautlose Abdrücke auf den kühler werdenden Boden.

Gerade als die Schatten länger wurden und das letzte Tageslicht einem rot leuchtenden Abendhimmel Platz machte, kam Tiger an eine Lichtung. Dort saß im sanften Schein des aufsteigenden Mondes ein beeindruckend großer schwarzer Kater. Sein glänzendes Fell schimmerte im Mondlicht, und seine intensiven gelben Augen durchbohrten die Dunkelheit, funkelnd und bedrohlich.

Der Kater erhob sich und knurrte leise. Was sich in der abendlichen Stille umso bedrohlicher anhörte. In der zunehmenden Dunkelheit zeichneten sich seine Silhouette mit den angespannten Muskeln ab.

„Das ist mein Revier", fauchte der Kater ihn an. Sein langer, buschiger Schwanz peitschte unruhig hin und her, während er einen entschlossenen Schritt auf Tiger zu machte, um deutlich zu machen, dass die Nacht seine Zeit war und er nicht bereit war, sein Revier zu teilen.

Der Kater schien den umgestürzten Baumstamm, auf dem er saß, zu bewachen. Tiger wollte nicht unbedingt einen Streit, doch seine Neugier war geweckt. Er brauchte einen Plan. Und da er wusste, dass ein Kampf gegen den erfahrenen Kater zu riskant war, entschied er sich für eine List.

Während er vorsichtig weiter dem Baumstamm näherte, begann er leise Steinchen in Richtung des nahen Schuppens zu treten. Ein lautes, klapperndes Geräusch erklang jedes Mal, wenn ein Steinchen gegen den Schuppen prallte. Der schwarze Kater, zunehmend beunruhigt durch die Geräusche, spitzte die Ohren und schaute in die Richtung des Schuppens, dachte jedoch nicht daran, seinen Platz zu verlassen.

Immer häufiger traf ein Steinchen nach dem anderen die Wand des Schuppens, bis ein besonders lauter Knall ertönte. Diesmal konnte der schwarze Kater nicht widerstehen. Es widerstrebte ihn, den Baumstamm zu verlassen, doch er lief in Richtung des Schuppens, um nachzusehen.

Sobald der Kater im Schuppen verschwand, nutzte Tiger die Gelegenheit. Er sprintete zum Schuppen, schlug die Tür zu und verriegelte sie schnell, indem er ein herumliegendes Holzstück vor die Tür schob.

Nachdem der Kater im Schuppen eingesperrt war, kehrte Tiger zurück. Dort, verborgen unter dichten Gräsern und Ästen, lag der mächtige, umgestürzte Baumstamm. In seinem Inneren befand sich ein geheimnisvoller Hohlraum, wie ein Tunnel, der Tigers Neugier weckte.

Er atmete tief ein und mit einem Funken Neugier in seinen Augen schlüpfte Tiger in den geheimnisvollen Eingang des Baumstamms. Vorsichtig setzte er eine Pfote nach der anderen auf das kühle, moosbedeckte Holz im Inneren. Während er tiefer in den Stamm vordrang, wurde das Licht immer schwächer, bis er nur noch von leichten Leuchten umgeben war.

Kurz bevor er fast völlig von der Dunkelheit verschluckt wurde, durchfuhr ihn ein eigenartiges Prickeln, das von den Spitzen seiner Ohren bis zu seinem Schwanz reichte. Es fühlte sich an, als würde die Zeit stillstehen und der Raum sich verzerren. Alles um ihn herum schien sich zu verändern und zu verwirbeln, bis er das Bewusstsein verlor.

Kapitel 2: Das Unbekannte Dickicht

Als er wieder zu sich kam und das wirbelnde Gefühl nachließ, spürte Tiger, wie seine Pfoten wieder festen Boden berührten. Er öffnete seine Augen und blickte in eine Landschaft, die ihm völlig fremd erschien. Der Himmel schimmerte in ungewohnten Farbtönen, und die Luft war erfüllt von einem exotischen Duft. Anstatt des vertrauten Stadtlärms umfingen ihn nur die harmonischen Gesänge und Rufe unbekannter Wesen.

Neugierig begann er, seine Umgebung zu erkunden. Er wanderte zwischen riesigen Pilzen hindurch, die sich wie Türme in den Himmel streckten, und staunte über bizarre Pflanzen, deren langen, geschwungenen Blätter sich in feinen Mustern ausbreiteten. Diese Pflanzen wirkten wie elegante, grüne Federn, die sich sanft im Wind wiegten und ein Gefühl von geheimnisvoller Wildnis vermittelten, als wären sie schon seit Ewigkeiten in dieser fremden Welt zu Hause. Die vertrauten Anblicke von Häusern und Straßen waren nirgends zu finden. Nur das Rascheln des Unterholzes und gelegentliche, fremdartige Rufe begleiteten ihn auf seiner Entdeckungsreise in diese unbekannte Welt hinein.

Tiger durchstreifte das Gelände, die seltsamen Kreaturen, die seinen Weg kreuzten, stets im Blick. Diese Wesen bewegten sich mit einer beeindruckenden Geschmeidigkeit und Eleganz, als würden sie tanzen. Sie hatten viele Beine, die sich in perfekter Harmonie bewegten und fast hypnotisierend wirkten.

Die Haut dieser vielbeinigen Kreaturen schimmerte in einer Palette von Farben, von leuchtendem Blau bis zu glänzendem Gold. Tiger näherte sich einem von ihnen. Er lauerte, beobachtete dessen viele tippelnde Beine, und im passenden Moment sprang er vor, um das Geschöpf zu fangen. Doch mit seinen vielen Beinen war das Wesen überraschend wendig. Es entkam ihm mit Leichtigkeit und setzte seinen Tanz unbeeindruckt fort. Tiger war verblüfft. Jeder Moment in dieser neuen Welt bot ihm eine neue Entdeckung, und er konnte es kaum erwarten, herauszufinden, was als Nächstes auf ihn zukommen würde.

Während er noch von den kuriosen, mehrbeinigen Geschöpfen fasziniert war, zog ein schillerndes, buntes Insekt seine Aufmerksamkeit auf sich. Es hatte lange, durchscheinende Flügel, die in allen Farben des Regenbogens glänzten und im Sonnenlicht funkelten. Jedes Flügelschlagen des Insekts schien kleine Farbexplosionen in die Luft zu zaubern.

Mit gezielten Sprüngen und flinken Bewegungen versuchte Tiger, dieses schimmernde Geschöpf in der Luft zu fangen. Er sprang, seine Augen intensiv auf das schillernde Insekt gerichtet, das vor ihm in einem lebhaften Tanz durch die Luft wirbelte. In seinem Eifer, das flirrende Wesen zu erwischen, übersah Tiger, die eigenartigen, gigantischen Abdrücke auf dem weichen Boden, neben denen die Abdrücke seiner Pfoten winzig wirkten.

Das fröhliche Katz-und-Maus-Spiel zwischen Tiger und dem flirrenden Flügeltier schien kein Ende zu nehmen. Er genoss das Gefühl des Windes in seinem Fell und die Freiheit, die diese Jagd ihm bot. Doch als er gerade glaubte, das flüchtige Tier beim nächsten Sprung zu schnappen, brach plötzlich aus dem dichten Unterholz eine fremdartige Kreatur hervor. Mit schuppiger Haut, spitzen Zähnen und schnellen Bewegungen schnappte sich das Wesen das Flügeltier aus der Luft und verschlang es in einem einzigen Biss.

Tiger erstarrte und hielt den Atem an. Sein Herz schlug so heftig, dass er es in seiner Brust trommeln spürte. Die unerwartete Wendung hatte ihn völlig überrascht. Bevor er sich sammeln konnte, bemerkte er, dass nicht weit entfernt ein zweites, ähnliches Geschöpf lauerte. Seine Augen fixierten ihn. Diese Blicke machten klar – er war das nächste Ziel.

Tigers Herz pochte heftig und laut, jedes Schlagen hallte in seinen Ohren wider. Er löste sich aus seiner Erstarrung und rannte los. Panik erfasste ihn, während er so schnell er konnte durch das Unterholz schoss. Seine Rufe um Hilfe verhallten in der dichten Vegetation. Jedes Knacken eines Zweiges, jedes Rascheln eines Blattes verstärkte seine Angst, und die Klänge der näherkommenden Schritte der unheimlichen Kreaturen vermischten sich mit dem hämmernden Klang seines eigenen Herzens. Während der Flucht schien die Welt um ihn herum in einem verschwommenen Grün zu verschwinden.

In einer plötzlichen, flinken Bewegung schlug Tiger einen Haken und sprang in einen dichten Busch. Dieses spontane Ausweichmanöver führte ihn an einen steilen Abhang, den er unkontrolliert herunterrollte. Dabei verlor er jegliches Gefühl für oben und unten im wirbelnden Durcheinander aus Ästen und Blättern. Am Ende des Abhangs prallte er gegen einen großen Stein. Bei der Berührung begann der Stein seltsam zu leuchten, ein Phänomen, das Tiger in seiner Benommenheit kaum wahrnehmen konnte. Einen Moment lang blieb er verwirrt und ohne Orientierung liegen, doch er spürte, dass er vorerst in Sicherheit war. Seine Verfolger wagten sich nicht an den steilen Abhang.

Als Tiger sich mühsam aufrappelte, schwirrte sein Kopf vom Aufprall. Noch immer benommen, ging er weiter, bis er unerwartet den festen Boden unter seinen Pfoten verlor. Mit einem Satz landete er in den kalten, wirbelnden Fluten eines Flusses. Umschlossen vom Wasser, war für einen Moment alles um ihn herum nur noch kühles, erdrückendes Nass.

Die Strömung war stark und unbarmherzig, und er kämpfte mit jeder Faser seines Körpers, um über Wasser zu bleiben. Mit kraftvollen Schwimmzügen kämpfte er gegen die reißenden Wellen. Gerade als seine Kräfte nachzulassen begannen, entdeckte er einen Ast an sich vorbeischwimmen.

Er klammerte sich an das Treibholz und ruhte sich erschöpft einen Moment aus. Die Strömung trug ihn sanft mit sich. Dann hörte er ein lauter werdendes tosendes Geräusch – ein Wasserfall nahte. In einem Moment der Panik suchte Tiger nach einem Ausweg, doch das Wasser riss ihn mit sich. Mit einem lauten Schrei tauchte er hinab in eine Welt aus sprudelndem Wasser und Schaum.

Er kämpfte sich an die Oberfläche und eine kurze Zeit später ließ sich Tiger, der seine Krallen immer noch fest in das Treibholz geschlagen hatte, von der Strömung treiben. Die Anstrengungen des Tages hatten ihn zutiefst erschöpft, und während er langsam stromabwärts trieb, übermannte ihn die Müdigkeit. Inmitten des sanften Plätscherns des Wassers und des beruhigenden

Rhythmus der Wellen schlief Tiger schließlich vor Erschöpfung ein.

Kapitel 3: Gefährten in der Jurazeit

Als Tiger aus seinem Schlaf erwachte, fand er sich in einer ruhigen und unbekannten Umgebung wieder. Der Fluss hatte ihn an ein Ufer getragen. Während er seine Augen öffnete und sich an die neue Umgebung gewöhnte, bemerkte er eine fremde Katze, die scheinbar auf ihn gewartet hatte. Mit einer eleganten Bewegung, die ihre Geschmeidigkeit unterstrich, trat sie näher und stellte sich vor: "Mein Name ist Tak." Tigers Blick ruhte fragend auf ihr, und es wurde ihm klar, dass diese Katze eine Rolle bei seiner Rettung gespielt haben musste.

"Was ist passiert?" fragte Tiger leise, während er sich bemühte, sich aufzusetzen. Sein Blick glitt unsicher über die Umgebung, noch immer versuchte er, sich an die Ereignisse zu erinnern. "Das letzte, an das ich mich erinnere, ist der Sturz vom Wasserfall."

Tak trat näher, ihre Augen eine Mischung aus Stolz und leichter Verwunderung. "Ich fand dich bewusstlos im Fluss treibend, kurz hinter dem Wasserfall," antwortete sie und ihre Stimme klang sanft. "Es war nicht leicht, dich ans Ufer zu ziehen, aber zum Glück konnte ich dich rechtzeitig retten, bevor die Strömung wieder stärker wurde." Nach einer kurzen Pause, in der sie Tiger aufmerksam beobachtete, fügte sie hinzu: "Du hattest Glück, dass ich gerade da war. Aber woher kommst du und wie bist du in diese Situation geraten." In ihren Worten lag ein Unterton von Neugier aber auch Erleichterung darüber, dass sie zur rechten Zeit helfen konnte.

„Wie bist du hierhergekommen? Durch das Portal im Baumstamm?"

Tiger runzelte die Stirn. "Portal? Was meinst du damit? Aber an einen Baumstamm kann ich mich erinnern."

Tak war überrascht. "Du weißt nicht, was ein Portal ist? Es ist eine Art Tor, das einen von einem Ort oder sogar einer Zeit in eine andere bringt. Der Baumstamm, durch den du gekommen bist, ist ein solches Portal. Es hat dich hierhergebracht – in die Jurazeit."

Tiger schaute Tak ungläubig an. "Jurazeit? Was ist das?"

"Wir sind in einer Zeit, die weit vor deiner liegt. Dies", sagte sie und wies mit dem Kopf auf ihre Umgebung, "ist die Jurazeit, eine Epoche, in der die Dinosaurier herrschten. Etwa 150 Millionen Jahre bevor du geboren wurdest."

Tiger, sichtlich neugierig, fragte: "Was waren das für Kreaturen, die mich gejagt haben? Sie waren in etwa so groß wie ich, mit langen Beinen und spitzen Zähnen."

Tak überlegte kurz und fragte dann: "Hatten sie schlanke Körper und lange Schwänze? Und liefen sie auf zwei Beinen?"

"Genau," bestätigte Tiger. "Sie waren sehr schnell und liefen auf ihren Hinterbeinen."

Taks Gesichtsausdruck wurde ernster. "Das klingt nach Compsognathus. Sie sind kleine, aber schnelle Fleischfresser. Sie jagen in Gruppen, was sie ziemlich gefährlich macht, aber sie lassen sich normalerweise leicht vertreiben."

Als Tiger und Tak sich unterhielten, zogen plötzlich Schatten über den Boden. Tiger richtete seinen Blick nach oben und sah große Lebewesen mit ausladenden Flügeln dahingleiten. Seine Augen weiteten sich vor Staunen. "Schau mal, Tak!", rief er, auf die majestätischen Tiere zeigend.

"Das sind Pterodactylus", begann Tak mit einer Mischung aus Stolz und Bewunderung in ihrer Stimme. "Sie gehören zu den beeindruckendsten Flugsauriern dieser Zeit. Mit ihren langen Flügeln und schlanken Körpern beherrschen sie den Himmel und sind ein faszinierender Anblick in dieser prähistorischen Welt."

Tigers Augen verfolgten weiterhin die schwebenden Gestalten am Himmel. "Sind das Fleisch- oder Pflanzenfresser?", wollte er wissen, mit einem Hauch von Sorge in seiner Stimme.

Tak lächelte leicht, "Die Pterodactylus sind vor allem Fleischfresser. Sie ernähren sich hauptsächlich von Fischen und anderen kleinen Tieren, die sie aus dem Wasser schnappen. Aber keine Sorge, sie interessieren sich normalerweise nicht für Landtiere wie uns."

Die Sonne stand hoch am Himmel, und mit jedem Schritt spürte Tiger, wie seine Kehle immer trockener wurde und der Durst ihn quälte. Tak schien seine Not zu bemerken und führte ihn zu einem nahegelegenen See.

Als sie sich dem Wasser näherten, erstreckte sich vor ihren Augen ein beeindruckendes Panorama: Eine mächtige Herde Brontosaurier bewegte sich würdevoll am Ufer entlang, ihre langen Hälse reckten sich in den Himmel, und ihre gewaltigen Körper schienen die Erde unter ihren Schritten erzittern zu lassen. Tigers Augen weiteten sich vor Staunen, und er konnte nicht anders, als ehrfürchtig zu fragen: "Was sind das für Giganten?"

Tak lächelte sanft und erklärte: "Das sind Brontosaurier, majestätische Pflanzenfresser, die in dieser Zeit weit verbreitet sind. Ihre imposanten Hälse erlauben es ihnen, hohe Äste zu erreichen und sich von den saftigen Blättern zu ernähren."

Tiger und Tak erreichten den See, dessen Wasser glasklar und erfrischend aussah. Tiger war mittlerweile sehr durstig und konnte es kaum erwarten, endlich das kalte Wasser zu kosten. Bevor sie jedoch zum Trinken kamen, bemerkten sie eine Bewegung. In der Nähe des Ufers tummelte sich ein kleiner Brontosaurus, viel kleiner als die erwachsenen Exemplare. Tiger beobachtete fasziniert, wie der Baby Brontosaurier die Welt um sich herum erkundete, neugierig an den Pflanzen knabberte und sich immer wieder aus Freude reckte.

Während Tiger und Tak den jungen Dinosaurier beobachteten, ertönte plötzlich ein lauter, durchdringender Schrei, der die Ruhe des Waldes durchbrach. Fast sofort begann der Boden unter ihnen zu beben. Ein Zeichen dafür, dass etwas Großes und Mächtiges sich ihnen näherte.

Kapitel 4: Der mächtige Jäger

Ein Allosaurus, beeindruckend in seiner Größe und Statur, erschien auf der Lichtung. Sein glänzendes Schuppenkleid glitzerte im Sonnenlicht, während seine scharfen Zähne aus dem mächtigen Maul hervorragten. Jeder Schritt des Raubtiers ließ die Erde leicht erzittern und kleine Staubwolken aufwirbeln.

Die durchdringenden Augen des Allosaurus waren fest auf die Brontosaurier gerichtet, die in einiger Entfernung am Ufer eines Sees standen und nichtsahnend Blätter von hohen Bäumen fraßen. Mit wachsender Entschlossenheit beschleunigte der Allosaurus seinen Lauf, als er sich den riesigen Pflanzenfressern näherte.

Als der Allosaurus mit einem markerschütternden Schrei die Stille durchbrach, flüchtete der junge Brontosaurier zu seiner Herde. Im Eifer seiner Jagd stieß der Allosaurus gegen einen massiven, alten Baum. Der Aufprall war so stark, dass der Baum zu wackeln begann und schließlich umstürzte und mit einem ohrenbetäubenden Krachen in Richtung des Ortes, an dem Tiger und Tak bis dahin das Geschehen verfolgt hatten. Schnell wich ihr Staunen einem Gefühl des Alarms, als sie bemerkten, dass der fallende Baum direkt auf sie zusteuerte.

Tiger, mit seinen schnellen Reflexen und ständig wachem Blick, erkannte die Gefahr sofort. Er sprang mit einer geschmeidigen Bewegung zur Seite, so wie es nur Katzen können. Aber Tak, vielleicht ein bisschen abgelenkt von der ganzen Aufregung, war einen Moment zu langsam. Sie schaffte es nicht ganz, dem Baum auszuweichen und war gefangen.

Als die Luft sich langsam von Staub und kleinen Schwebeteilchen klärte, konnte Tiger endlich wieder deutlich sehen. Er blickte sich hektisch um, um Tak zu finden. Zu seinem Entsetzen erkannte er, dass der große, schwere Baum, den der Allosaurus in seiner wilden Jagd umgestoßen hatte, auf Tak gefallen war und sie darunter eingeklemmt hatte. Tak versuchte, sich zu bewegen, aber der Baum war zu schwer und ihre Bemühungen wirkten schwach und verzweifelt.

Tiger eilte zu ihr und rief besorgt: "Tak! Geht es dir gut? Kannst du sprechen?"

Tak hustete kurz und antwortete mit schmerzverzerrter Stimme: "Ich bin eingeklemmt, Tiger. Ich kann mich nicht bewegen, der Baum ist zu schwer."

Tiger sah sich hektisch auf der Suche nach einer Lösung um. "Wir müssen etwas tun, um diesen Baum von dir wegzubekommen."

Tak blickte mit tränenden Augen in die Umgebung. "Vielleicht gibt es hier in der Nähe etwas, das uns helfen kann? Einen großen Stein oder einen starken Ast?"

Tiger folgte ihrem Blick und bemerkte einen starken, dicken Ast, der einige Meter entfernt lag. Daneben befand sich ein großer, flacher Stein. Ein Licht ging in seinen Augen auf, als er erkannte, wie er diese beiden Gegenstände nutzen konnte. "Tak, ich habe eine Idee! Wenn ich den Ast als Hebel benutze und den Stein darunterlege, könnte ich vielleicht genug Kraft aufbringen, um den Baum anzuheben."

Tak lächelte schwach. "Es klingt nach einem Plan. Beeil dich, Tiger!"

Mit neuer Energie und Entschlossenheit eilte Tiger zu dem Ast und dem Stein und setzte alles daran, die Hebelwirkung zu nutzen. Nach einigen Anstrengungen und mit Tak, die ihn anfeuerte, gelang es ihm schließlich, den Baum genug anzuheben, um Tak zu befreien.

In der Stille, die auf ihre erfolgreiche Rettungsaktion folgte, hörten sie noch das ferne Grollen des Allosaurus. Der Klang seiner Schritte verlor sich langsam in der Ferne, ein ständiger, aber nachlassender Hinweis auf die fortwährende Gefahr in dieser prähistorischen Welt.

Nachdem sie das Herzrasen und die Anspannung der vergangenen Ereignisse überstanden hatten, atmete Tiger tief durch und versuchte, seine Gedanken zu ordnen. Seine Beine zitterten leicht vor Erschöpfung, sein Fell war mit Staub und kleinen Blättern übersät. Seine Augen spiegelten seine Angst und Verwirrung wider. Mit einer müden und etwas zittrigen Stimme murmelte er: "Ich kann hier nicht länger bleiben. Diese Welt... sie ist zu gefährlich und unbekannt für mich."

Tak, sah Tiger tief in die Augen. Ihr Blick war warm und voller Mitgefühl. Sie nickte langsam und verständnisvoll, als ob sie seine Gedanken und Gefühle genau nachvollziehen konnte. "Ich verstehe dich voll und ganz, Tiger", antwortete sie sanft. "Diese Zeit, so faszinierend sie auch sein mag, ist voller Gefahren und Überraschungen, die selbst mir manchmal den Atem rauben. Du bist durch ein Portal hierher gelangt, in eine Welt, die dir fremd ist. Aber fürchte dich nicht, ich werde dir den Weg zurück zeigen und sicherstellen, dass du unversehrt zu deiner gewohnten Umgebung zurückkehrst."

Nachdem sie sich von der unmittelbaren Gefahr erholt hatten, machten sich Tiger und Tak auf den Weg zurück zum Portal. Der Pfad führte sie durch die üppige, grüne Landschaf, vorbei an exotischen Pflanzen und gelegentlichen Sichtungen ferner Dinosaurier. Sie sprachen wenig, jeder in seinen eigenen Gedanken versunken, während sie den Wald durchquerten, der im schwachen Licht der untergehenden Sonne mystisch wirkte.

Schließlich erreichten sie das Portal, einen unscheinbaren Baumstamm, der in der Dämmerung beinahe verborgen war. Hier, im Schatten des Waldes verabschiedeten sie sich voneinander. Die Luft war erfüllt von einer unbeschreiblichen Stille, nur unterbrochen von den entfernten Rufen der Dinosaurier. Tak blickte Tiger tief in die Augen. "Ich wünschte, ich könnte mit dir kommen," flüsterte sie, "aber ich habe hier in dieser Zeit Aufgaben, die ich noch erfüllen muss." Ihre Stimme trug einen Hauch von Geheimnis und Versprechen. Sie standen einen Moment lang still da, erfüllt von den Emotionen des Abschieds, bevor Tiger sich schließlich dem Portal zuwandte, bereit, in seine eigene Zeit zurückzukehren.

Vor ihnen begannen die Umrisse eines glitzernden Portals zu pulsieren und zu leuchten, als würde es von einer anderen Welt herrufen. Tak führte Tiger behutsam zu diesem magischen Eingang.

Zögerlich trat Tiger in das schimmernde Licht des Portals. Ein Wirbel von Farben und Empfindungen überwältigte ihn, und in einem Atemzug schien er zwischen den Zeiten zu schweben. Als das Gefühl der Schwerelosigkeit nachließ, fand er sich in der vertrauten Umgebung wieder. Der Kontrast war so stark, dass ihm schwindelig wurde.

Er blinzelte gegen das helle Tageslicht und bemerkte erstaunt, dass die Morgenröte bereits den Himmel in ein sanftes Rosa tauchte. Wie lange war er fort gewesen? Erschöpfung durchzog jede seiner Muskeln, aber das Gefühl der Sicherheit gab ihm Kraft.

Seine Schritte waren unsicher, während er sich müde Richtung Heimat bewegte. Am Rande seines Blickfelds erkannte er die Umrisse des schwarzen Katers, der ihm erst vor Kurzem solch ein Unbehagen bereitet hatte. Doch nach allem, was Tiger durchgemacht hatte, erschien die anfängliche Furcht vor dieser Katze nun fast lächerlich und unbedeutend.

Der schwarze Kater bemerkte ihn nicht und nachdem Tiger ihn hinter sich gelassen hatte, setzte er seine unsicheren, müden Schritte fort. Er durchquerte mehrere Gärten, vorbei an blühenden Blumen, bis er das Haus der Zweibeiner erreichte, welches er als sein Zuhause betrachtete. Als er sich dem Haus näherte, bemerkte er, dass die Tür offenstand und seine Menschen im Garten saßen, die Morgensonne genießend.

Gerade als er leise ins Haus schlüpfen wollte, bemerkten ihn die Zweibeiner und fingen an zu sprechen.

Er schlich zu seiner vertrauten Pappkiste in einer ruhigen Ecke des Hauses und kuschelte sich hinein, umgeben von der Wärme und den vertrauten Geräuschen des Haushalts. Die Stimmen der Zweibeiner, jetzt ein Hintergrundgeräusch, vermischten sich mit den Geräuschen der erwachenden Stadt. Während Tiger in einen tiefen, erholsamen Schlaf sank, begann er zu träumen.

Kapitel 5: Schlafende Talente erwachen

Tiger lag in seiner Pappkiste, seine Atmung ruhig und tief. Im Land der Träume fand er sich in einer Welt wieder, die sowohl vertraut als auch fremdartig war. Er befand sich in einem Wald, der an die Jurazeit erinnerte, mit riesigen Bäumen und einem schwachen Licht, das durch das dichte Blätterdach fiel.

In seinem Traum erblickte Tiger ein riesiges, flatterndes Wesen, dessen Flügel im Sonnenlicht schimmerten. Zunächst war er erschrocken, konnte das Wesen nicht einordnen. Doch dann tauchte plötzlich eine Rune auf, ein geheimnisvolles Symbol, das im Traum aufblitzte. Mit dem Erscheinen der Rune kam das Verständnis – es war eine Libelle, ein harmloses Geschöpf der Jurazeit. Mit diesem neuen Wissen schien die Welt um ihn herum plötzlich weniger bedrohlich.

In seinem Traum fand sich Tiger erneut in der Situation wieder, in der er von mehreren Compsognathus gejagt wurde. Der kalte Schauer der Angst lief ihm über den Rücken, als er sich selbst hastig vor den kleinen, aber schnellen Dinosauriern fliehen sah. Doch inmitten dieser bedrohlichen Szene blitzte plötzlich eine weitere Rune auf. Mit ihrem Aufleuchten kam ein tiefes Verständnis: Er erkannte, dass diese Kreaturen, obwohl sie in Gruppen jagten, leicht zu verjagen waren. In seinem Traum sah er sich nun, wie er standhaft blieb, laute Geräusche machte und entschlossene Bewegungen ausführte, die die Compsognathus in die Flucht schlugen. Diese neue

Erkenntnis ließ ihn die Szene weniger als Bedrohung, sondern mehr als eine lehrreiche Erfahrung empfinden.

Tiger befand sich wieder in seinem Traum, dieses Mal in einer Szene, in der der gewaltige Allosaurus und der umgestürzte Baumstamm eine zentrale Rolle spielten. Er erinnerte sich daran, wie der mächtige Dinosaurier den Wald durchstreifte und wie der massive Baum unerwartet zu Boden fiel. In seinem Traum stand er wieder dort, den fallenden Baum betrachtend, und fragte sich, wie er auf die Idee gekommen war, die Hebelwirkung zu nutzen, um Tak zu befreien.

Während er in seinem Traum grübelte, blitzte plötzlich die geheimnisvolle Rune auf. Mit ihrem Erscheinen flossen Bilder und Erinnerungen in seinen Geist. Er sah ein Bild vor sich, das eines der Mädchen in einem Buch betrachtet hatte. Es zeigte, wie kleine Zweibeiner Mammuts mithilfe eines Baumstammes und der Hebelwirkung anhoben. Das Bild war detailliert und lebhaft, und er erinnerte sich, wie er es verständnislos betrachtet hatte.

Diese Erinnerung brachte eine neue Erkenntnis mit sich. Tiger verstand nun, dass sein instinktiver Einsatz der Hebelwirkung unter dem umgestürzten Baum nicht nur ein glücklicher Zufall war, sondern eine unbewusste Anwendung des Wissens, das er aus dem Bild im Buch gezogen hatte. Es war, als ob eine versteckte Weisheit in ihm erwachte, die ihm zeigte, wie man die Kräfte der Natur zu seinem Vorteil nutzen konnte.

Diese Erkenntnis ließ ihn in seinem Traum lächeln. Er fühlte sich nicht mehr hilflos oder überfordert; stattdessen spürte er eine wachsende Zuversicht in seine Fähigkeiten und sein Verständnis der Welt um ihn herum. Der Allosaurus, der fallende Baum, die Hebelwirkung – all diese Elemente seines Abenteuers erschienen ihm nun in einem anderen Licht. Sie waren Teil eines größeren Puzzles, das er langsam zu verstehen begann.

Schließlich kehrte er in seinem Traum zurück zu dem Moment, als er nach Hause kam und die Zweibeiner ihn riefen. Zuerst verstand er ihre Worte nicht, aber dann blitzte die Rune auf, und plötzlich wurde alles klar: "Hey Tiger, du warst zwei Tage verschwunden, wo warst du denn? Wir haben uns Sorgen gemacht! Aber schön, dass du wieder da bist!"

Mit diesem Gefühl des Glücks und der Wärme der Menschen erwachte Tiger aus seinem Traum, mit einem tiefen Gefühl der Verbundenheit mit seiner Vergangenheit und seiner Gegenwart.

Kapitel 6: Tigers überraschende Fähigkeit

Tiger rieb sich verschlafen die Augen und blinzelte langsam. Als seine Sicht wieder klar wurde, erkannte er vor sich eine dunkle Gestalt. Ein Gefühl von Unsicherheit breitete sich in ihm aus. Er dachte für einen kurzen Augenblick, er stehe wieder dem geheimnisvollen schwarzen Kater gegenüber, den er beim Portal getroffen hatte.

Doch dann wurde sein Blick schärfer und er erkannte die warmen und freundlichen Augen von Joey. Das pechschwarze Fell des Katers schimmerte im sanften Licht. Joey sagte: Na, endlich bist du wieder hier, wir haben dich vermisst.“ Neben Joey lag Nick, ein weiterer prächtiger Bombay-Kater, dessen glänzend schwarzes Fell ebenso beeindruckend war wie das von Joey. Die beiden sahen fast wie Zwillingspanther aus, wunderschön und elegant. Alle nickten zustimmend.

Tiger seufzte erleichtert. Er schaute sich weiter um und bemerkte, dass auch die anderen zwei Katzen in seiner Nähe waren. Sein Herz wurde leicht, als er die vertrauten Gesichter sah. Er war zuhause, umgeben von Freunden, und wusste, dass er in Sicherheit war. Die Ängste und Sorgen der letzten Tage verblassten, und er fühlte sich endlich wieder geborgen.

Während er die anderen Katzen anschaute, sammelte Tiger seine Gedanken und versuchte, die Bilder, die noch in seinem Kopf herumwirbelten, zu einem sinnvollen

Ganzen zu formen. Er blinzelte mehrmals und rieb sich mit einer Pfote die Augen, als ob er damit die verschwommenen Erinnerungen klären könnte. "War das alles wirklich passiert oder war es nur ein wirrer Traum?", überlegte er. Jedes Detail seines Abenteuers in der Jurazeit schien so lebendig – die donnernden Schritte der Dinosaurier, das Rascheln des prähistorischen Waldes, die prickelnde Furcht.

Er holte tief Luft, bereit, seinen Fellfreunden von seiner Reise zu erzählen. Doch gerade, als er ansetzte zu sprechen, kamen ihm die anderen zuvor.

"Du warst zwei Tage lang weg, Tiger!", sagte Benito und sah seinen Bruder mit besorgtem Blick an.

Mit einem tiefen Seufzer begann Tiger, von seinem Abenteuer zu berichten. "Es war unglaublich", begann er, seine Stimme von Erregung zitternd, "ich bin durch dieses Portal getreten und plötzlich war ich von riesigen Dinosauriern umgeben!" Er schilderte seine Begegnungen, das Gefühl der Fremdheit in einer solch längst vergangenen Welt und seine unverhoffte Freundschaft mit Tak. Die Gesichter seiner Fellfreunde zeigten eine Mischung aus Unglauben und Neugier, während sie mit gespannten Ohren seinen Worten lauschten, jedes Detail seiner Geschichte aufsaugend.

Mama Katze, eine Mischung aus Tabby und Calico und von Natur aus eher ängstlich, schüttelte den Kopf. "Das kann nicht sein, Tiger. So etwas gibt es doch gar nicht!", murmelte sie, doch sie schnupperte an ihm und ihr Blick verriet ihre Unsicherheit. Der Geruch von Tiger verriet, dass er definitiv nicht in ihrer bekannten Umgebung gewesen war.

Seine Fellfreunde schauten skeptisch, während sie Tigers Erzählung mit gemischten Gefühlen lauschten. Alle, bis auf einen.

"Ich glaube dir, Tiger!", rief Joey aus, seine Augen leuchteten vor Aufregung. "Ich habe bei dem Mädchen hier im Haus mal in einem Buch große Tiere gesehen. Die Kreaturen, von denen du erzählst, klingen genau wie die aus dem Buch!"

Die anderen Katzen murmelten unsicher, ihre Blicke zwischen Joey und Tiger hin- und herwechselnd.

"Joey, bist du sicher?", miaute Mama Katze vorsichtig, "es könnte doch auch ein Traum gewesen sein, den Tiger hatte."

Joey schüttelte energisch den Kopf. "Nein, ich bin mir sicher! Ich erinnere mich an die Bilder im Buch. Wir sollten nachsehen. Das Buch könnte uns helfen, Tigers Geschichte zu verstehen!"

"Lasst uns dieses Buch finden und nachsehen!", schlug Joey vor und machte sich auf den Weg zum Bücherregal.

Die anderen Katzen folgten ihm neugierig. Es dauerte eine Weile, in der sie mehrere Bücher durchblätterten. Schließlich zog Benito, Tigers grauer Bruder mit einem schlanken Körperbau, ein bestimmtes Buch hervor und breitete es vor den anderen aus. "Hier ist es!", verkündete er stolz.

Alle Katzen beugten sich vor, um besser sehen zu können. Die Seiten waren mit detaillierten Abbildungen von Dinosauriern gefüllt. Tiger deutete sofort auf einige von ihnen. "Das sind sie!", rief er aus, "Da steht doch Compsognathus!"

"Das sind genau die Dinosaurier, die ich getroffen habe!", rief Tiger aus, sein Gesicht leuchtete vor Aufregung und Erkenntnis. Er zeigte mit unruhiger Pfote auf die detaillierten Zeichnungen auf der Seite.

Die anderen Katzen sahen Tiger verwundert an. Es war das erste Mal, dass Tiger so etwas sagte. "Kannst du etwa lesen, Tiger?", fragte Nick mit vor Überraschung weit aufgerissenen Augen.

Tiger blickte nachdenklich auf das Buch. "Ich... ich bin nicht sicher. Vielleicht kann ich die Texte irgendwie verstehen", sagte er langsam. "Lasst uns das ausprobieren."

Er leckte sich die Pfote und blätterte vorsichtig eine Seite um und konzentrierte sich auf die Worte. Zuerst erschienen sie ihm als wirre Zeichen, aber dann, fast wie durch Magie, begannen sie Sinn zu ergeben. "Hier steht, dass die Compsognathus in Rudeln jagten und sehr schnell waren", erklärte er den anderen Katzen.

Die Katzen sammelten sich enger um Tiger, ihre Augen auf das Buch gerichtet. "Und hier... es geht um einen Allosaurus, genau wie der, den ich gesehen habe. Es steht geschrieben, dass er einer der größten Raubtiere seiner Zeit war."

"Das ist unglaublich, Tiger", staunte Mama Katze. "Du kannst tatsächlich lesen!"

Tiger selbst war ebenso überrascht. "Es scheint so", sagte er und ein Gefühl von Stolz mischte sich in seine

Verwunderung. "Vielleicht hat das Portal oder die Rune, die ich im Traum gesehen habe, etwas in mir verändert."

Die Katzen um ihn herum nickten ehrfurchtsvoll, beeindruckt von dieser neuen Fähigkeit Tigers. Sie baten ihn, weiterzulesen, fasziniert von der Möglichkeit, mehr über die geheimnisvolle Welt zu erfahren, die Tiger besucht hatte.

Joey, mit seinen grüngelb leuchtenden Augen, sah Tiger für einen Moment intensiv an. Es war, als würde er versuchen, die Wahrheit in Tigers Augen zu lesen. Dann nickte er langsam und mit fester Stimme sagte er: "Ich glaube dir, Tiger. Deine Geschichte und diese Bilder... es passt alles zusammen. Ich möchte dieses geheimnisvolle Portal selbst mit meinen eigenen Augen sehen und herausfinden, was dahintersteckt."

Tiger setzte sich zögerlich zurück, seine Augen verloren sich in den Erinnerungen an seine Begegnung mit dem schwarzen Kater. "Es gibt da einen schwarzen Kater, vor dem wir uns in Acht nehmen müssen", begann er vorsichtig, während er sich an das beängstigende Geschehen zurückerinnerte. "Als ich das erste Mal das Portal gefunden habe, war er dort. Seine Augen funkelten bedrohlich im Dunkeln. Ich glaube, er bewacht das Portal. Er verjagte mich mit einer solchen Entschlossenheit und Wildheit, dass es mir noch immer einen kalten Schauer über den Rücken jagt, wenn ich nur daran denke..." Tiger schüttelte sich leicht, als wollte er die düstere Erinnerung abschütteln. "Und außerdem", fügte er nach einem Moment der Stille hinzu, "ist es bereits spät, und die Nacht hat ihre eigenen Gefahren. Wir sollten klug und vorsichtig sein und alles gut durchdenken, bevor wir handeln."

Die Katzengruppe schlich sich zum Fenster, ihre Augen suchten nach dem letzten Schimmer von Tageslicht. Als sie hinausblickten, sahen sie, wie der Himmel bereits in tiefe Blau- und Schwarzschattierungen getaucht war, und die ersten Sterne funkelten. Das Zwielicht kündigte das Ende des Tages an, und die Dunkelheit hatte bereits Besitz von der Welt draußen ergriffen.

Joey, dessen ernster Gesichtsausdruck zeigte, dass er verstanden hat, worum es geht, drehte sich zu seinen Freunden um. "Du hast Recht, wir sollten nichts überstürzen", sagte er ruhig, "bei Dunkelheit wird es zu gefährlich, besonders wenn dieser schwarze Kater in der Nähe ist. Morgen, bei Tagesanbruch, machen wir uns auf den Weg und suchen das Portal."

Die anderen Katzen nickten zustimmend. Eingehüllt in das sanfte Licht des Raumes, setzten sie sich zusammen und begannen, intensiv über ihre Strategie für den nächsten Tag nachzudenken und einen durchdachten Plan auszuarbeiten. Jeder brachte seine eigenen Ideen und Gedanken ein, wobei sie darauf bedacht waren, die sicherste und klügste Vorgehensweise zu wählen.

Doch als die Nacht tiefer wurde, begann die Müdigkeit sie zu übermannen. Einer nach dem anderen gähnten sie herzhaft und beschlossen, ihre Lieblingsplätze im Haus für eine wohlverdiente Nachtruhe aufzusuchen.

Mama Katze trottete leise unter die Treppe im Badezimmer, wo sie sich auf ihr weiches Bettchen kuschelte.

Nick und Joey, schlüpften in die Kleiderschränke der Mädchen. Sie liebten das Gefühl von weichen Stoffen um sich herum und die Ruhe, die diese Verstecke boten.

Benito, fand seinen Schlafplatz unter dem Hochbett des Jungen, wo er sich zwischen Spielzeugen und Kissen ein kuscheliges Nest baute.

Tiger kuschelte sich in seine Pappkiste und schloss die Augen. Bald fand er sich erneut in der Welt seiner Träume wieder, umgeben von der üppigen Landschaft der Jurazeit. Die vertraute Rune aus seinem vorherigen Traum tauchte wieder auf, leitete ihn sanft durch die Erinnerungen an die prähistorische Welt.

In Tigers Traum tauchten dieses Mal neue Symbole auf – geheimnisvolle Runen, die ihm unbekannt waren. Jede Rune glühte kurz auf und enthüllte für einen flüchtigen Moment einen neuen Ort: eine weitläufige Savanne, die sich bis zum Horizont erstreckte, ein dichter, fast undurchdringlicher Urwald, die majestätischen Strukturen eines Tempels, die eindrucksvollen Umrisse von Pyramiden und schließlich eine dunkle Höhle, deren Eingang geheimnisvoll und verlockend wirkte.

Während er von Rune zu Rune sprang, hatte Tiger das Gefühl, nur einen Bruchteil einer viel größeren Geschichte zu sehen. Jeder Ort schien nur für einen Moment aufzublitzen, bevor er sich wieder in den Schatten des Unbekannten verlor. Die Runen führten ihn durch diese verteilten Welten, jede mit ihrer eigenen Geschichte und vielen Geheimnissen.

Er fühlte sich wie ein Entdecker, der durch die Seiten eines alten, unvollständigen Buches blättert, in dem jede Seite nur einen Teil des Gesamtbildes offenbart. Während er sich durch diese verschwommenen Szenen bewegte, wurde ihm klar, dass er nur einen kleinen Teil dessen sah, was sich dahinter noch verbarg. Was er sah, war faszinierend, aber es gab so viel mehr, das jenseits seiner Wahrnehmung und seines Verstandes lag.

Kapitel 7: Der gewagte Plan

In dem schwachen Licht des Morgens saßen die fünf Katzen zusammen und überlegten, wie sie das Portal erreichen könnten. "Ich bleibe hier und lenke die Kinder ab", schlug Mama-Katze vor. "Ihr kennt sie – immer hinter uns her, wenn sie spielen wollen. Das sollte euch genug Zeit verschaffen."

"Ich möchte das Portal und die geheimnisvolle Welt, die dahinter liegt, wirklich mit eigenen Augen sehen", begann Nick nachdenklich, während er sanft mit seiner Pfote über den weichen Teppich strich. "Aber", fügte er entschlossen hinzu und sah seine Gefährten direkt an, "ich kann mich um den schwarzen Kater kümmern. Ich lenke ihn ab und gebe euch so die Zeit, die ihr braucht, um zum Portal zu gelangen. Auf diese Weise kann ich euch unterstützen."

Die anderen Katzen zeigten ihre Anerkennung mit einem Nicken. Sie verstanden Nicks Ängste, aber wussten auch seine Hilfsbereitschaft zu schätzen.

"Und während Nick den schwarzen Kater ablenkt, werden wir das Portal betreten", erklärte Joey und blickte zu Tiger und Benito, die beide zustimmten.

Doch bevor sie ihren Plan in die Tat umsetzen konnten, polterten plötzlich Schritte die Treppe hinunter. Die drei Kinder aus dem Haus rannten herum – Frühstückszeit! Ohne zu zögern, gesellten sich die Katzen dazu und nutzten die Gelegenheit, ausgiebig zu fressen. Danach erklang das vertraute Quietschen der Haustür – sie wurde geöffnet.

"Jetzt ist unsere Chance!", flüsterte Benito aufgeregt.

Die Katzen schlichen leise durch die Haustür, die von den großen Menschen gerade geöffnet worden war. Draußen empfing sie die kühle Morgenluft, die ihre Sinne belebte und schärfte. Tiger führte die Gruppe an. Sein innerer Kompass leitete ihn durch die verschlungenen Pfade der Gärten, und weil er der Einzige war, der den genauen Standort des Portals kannte, folgten ihm seine Freunde, ohne zu zögern.

Sie durchquerten verschiedene Gärten, fest entschlossen, sich nicht von den neugierigen Vögeln und munteren Eichhörnchen ablenken zu lassen, die in den Ästen und auf dem Boden herumtollten. Sie schlängelten sich durch hohes Gras, hüpften über kleine Steine und Pfützen und schlüpften geschickt unter den farbenfrohen Blumen und Hecken hindurch, vorbei an den wachsamen Augen der Gartenzwerge. Das Morgenlicht tauchte alles in ein weiches, goldenes Leuchten und ließ die Welt um sie herum langsam erwachen. Doch ihre Mission behielten sie fest im Blick, fokussiert und unerschütterlich in ihrem Vorhaben.

Nach einiger Zeit, die in der ständigen Anspannung wie eine Ewigkeit schien, gelangten sie zu einem besonders dichten, wild verwachsenen Teil des Gartens. Das hohe Gras raschelte leise unter ihren Pfoten und in der Ferne konnte man das fröhliche Lachen von Kindern hören. Tiger hielt plötzlich inne und deutete mit einem leichten Nicken seines Kopfes auf einen umgefallenen, hohlen Baumstamm. Auf den ersten Blick sah er unscheinbar aus, aber Tiger wusste, dass dieser Stamm das verborgene Portal zur anderen Welt war.

Joey, Benito und Tiger pirschten sich an den Baumstamm heran und versteckten sich hinter einem nahegelegenen Busch, von wo aus sie einen guten Blick auf ihre Umgebung hatten, ohne selbst gesehen zu werden. Nick, obwohl etwas nervös, machte sich bereit, den schwarzen Kater, der in der Nähe des Baumstamms auf der Lauer lag, abzulenken. Sein dunkles Fell verschmolz fast vollständig mit dem Schatten des Stammes, wodurch er fast unsichtbar wirkte. Aber Tiger und seine Freunde hatten ihn entdeckt und waren bereit, ihren Plan in die Tat umzusetzen.

"Schöner Tag heute, findest du nicht?", startete Nick das Gespräch mit einem bemüht unverfänglichen Ton, während er die warme Sonne auf seinem Pelz spürte.

Der schwarze Kater schaute langsam zu Nick auf und ein Lächeln zog sich über seine Schnauze, als er sagte: "In der Tat, ein wundervoller Tag. Die Sonne, die durch die Baumwipfel blitzt und die Vögel, die ihre Melodien trällern... Es ist, als ob die Gärten heute nur für uns singen würden. Aber du, ich habe dich hier noch nie gesehen. Bist du neu in der Gegend?"

Nick, der seine Augen bemüht locker auf seine Umgebung gerichtet hielt, während sein Inneres vor Anspannung zitterte, schenkte ihm ein beiläufiges, zustimmendes Nicken. "Ja, das stimmt. Ich bin Nick, und ich bin gerade erst in diese idyllische Ecke gezogen. Die Ruhe hier ist toll, es ist wie eine völlig andere Welt verglichen mit den ewig pulsierenden, überfüllten Straßen, die ich früher mein Zuhause nannte," gab er nachdenklich zurück, während seine Augen das Wechselspiel von Grün und den schimmernden Lichtflecken auf den Pfaden studierten.

Der schwarze Kater mit Augen, die Geschichten aus längst vergangenen Tagen zu erzählen schienen, verschob seine Pfoten nur ein klein wenig, behielt dabei jedoch das subtil versteckte Portal im dichten Unterholz sorgfältig im Blick. Sein Blick war fest, als er leise, aber mit einer kaum wahrnehmbaren Warnung in der Stimme, erwiderte: "Es freut mich, dich hier zu sehen, Nick. Ich bin Kronos und nenne diese üppigen Gärten seit etlichen Jahreszyklen mein Zuhause. Sie sind in der Tat ein Ort von seltener und eindrucksvoller Schönheit. Aber, mein neuer Freund, lass dich nicht täuschen von der augenscheinlichen Unschuld dieser Natur. In den Schatten verstecken sich Geheimnisse. Sie zu kennen ist eine große Last."

Sein Blick blieb fest auf das Portal gerichtet, und ein Hauch von ungesagten Geheimnissen lag in der leichten Brise, die durch die Gärten wehte. Nick, unsicher, ob er Kronos' Worte als eine Warnung oder eine Herausforderung interpretieren sollte, fand sich gefangen zwischen dem Wunsch, mehr zu erfahren, und dem Impuls, das unbekannte Geheimnis, das vor ihm lag, in Ruhe zu lassen.

Nick spürte, dass Kronos eine tiefere Verbindung zu diesen Gärten hatte, vielleicht sogar eine geheime Verantwortung. "Oh, wirklich? Das klingt interessant."

Aus dem Augenwinkel beobachteten Joey, Tiger und Benito das Gespräch. Benito wurde zunehmend unruhig, da er merkte, dass der schwarze Kater nicht die Absicht hatte, das Portal aus den Augen zu lassen. "Wir müssen handeln", zischte er leise zu Joey und Tiger. "Ich werde so tun, als ob ich Nick angreife. Der schwarze Kater wird sicherlich versuchen, dazwischen zu gehen und Nick zu helfen."

Joey und Tiger sahen Benito zweifelnd an. Es war ein riskanter Plan, aber es schien, als hätten sie keine andere Wahl.

Benito holte tief Luft und rannte dann kreischend auf Nick zu. Der schwarze Kater reagierte sofort, seine Körperhaltung zeigte, dass er bereit war, einzugreifen.

Nick, völlig überrascht von Benitos Angriff, rannte, ohne zu zögern davon, gefolgt von Benito und dem schwarzen Kater.

"Jetzt!", rief Joey und die beiden Katzen sprinteten durchs Portal.

Kapitel 8: Die Aufregung im Jura-Tal

Ein üppiges Grün erstreckte sich vor Tiger und Joey, als sie auf der anderen Seite des Portals herauskamen. Für einen Moment waren sie zu überwältigt, um zu sprechen. Der Geruch von feuchtem Moos und alter Erde hing in der Luft, während das leise Zirpen von Insekten die Atmosphäre ihrer neuen Umgebung unterstrich.

"Du hattest Recht, Tiger", sagte Joey, immer noch von dem eigenartigen Gefühl des Durchschreitens des Portals beeindruckt. "Das war wirklich seltsam. Ich hätte nie gedacht, dass es sich so anfühlt – als ob die Zeit stillsteht."

Tiger sah sich um und antwortete: "Es ist immer noch verwirrend, egal wie oft ich es erlebe. Es fühlt sich an, als ob man in eine ganz andere Welt eintaucht."

"Der Plan hat nicht wirklich geklappt, oder?", sagte Joey mit einem bedauernden Seufzer.

"Nein", erwiderte Tiger. "Aber jetzt sind wir hier und müssen das Beste daraus machen. Es gibt hier so viel zu entdecken."

Joey nickte zustimmend. "Dann lass uns erkunden gehen. Wir haben eine ganz neue Welt vor uns." Gemeinsam machten sie sich auf, die Geheimnisse und Wunder ihrer neuen Umgebung zu erforschen.

Mit einem Lächeln beobachtete Tiger die merkwürdigen, sich bewegenden Kreaturen am Boden. Ihre vielen Beine bewegten sich auch diesmal synchron, fast so, als würden sie wieder tanzen. "Schau, Joey", sagte er und wies mit seiner Pfote auf die beeindruckenden Wesen, "das sind sie. Die Vielfüßer, von denen ich dir berichtet habe, als ich das erste Mal in diese Zeit eintrat. Ich erinnere mich noch, wie fasziniert ich war, als ich sie zum ersten Mal sah."

Joey, neugierig geworden, trat näher heran und beugte sich tiefer, um die Kreaturen im feuchten Moos genauer zu betrachten. "Sie sind unglaublich, nicht wahr? Hast du eine Ahnung, wie sie heißen?", fragte er Tiger.

Tiger, dessen Erinnerungen an die Gespräche der Kinder nun merkwürdig klar waren, antwortete: "Die Kinder nennen sie 'Gliederfüßer'. Früher konnte ich ihre Worte nicht verstehen, aber jetzt, wenn ich zurückdenke, ist es, als ob ich ihre Stimmen klar hören und ihre Worte begreifen kann."

Joey blickte ihn überrascht an. "Das ist unglaublich, Tiger! Du kannst wirklich verstehen, was die Kinder sagen! Das ist ja wie ein Wunder!"

"Ja", stimmte Tiger zu. "Es ist, als würde die Welt der Kinderbücher zum Leben erwachen. Jedes Mal, wenn ich auf etwas treffe, das ich aus ihren Geschichten kenne, ist es, als ob ein verlorenes Stück Geschichte enthüllt wird."

Nachdem sie einige Momente damit verbracht hatten, die Gliederfüßer zu beobachten und ihre wundersame Erscheinung zu bewundern, machten sich Tiger und Joey wieder auf den Weg, bereit, die nächsten Geheimnisse dieser alten Welt zu entdecken.

Während Tiger und Joey durch das dichte Grün der Jurazeit schritten, waren sie in eine andere Welt versetzt – eine, die von der puren Magie der Natur erfüllt war.

Joey, immer noch fasziniert von den skurrilen Kreaturen und Pflanzen, schaute sich um, als Tiger plötzlich auf eine ausladende Farnpflanze zeigte. "Das, mein Freund, ist ein Cyatheales. Es ist ein Baumfarn, einer der dominierenden Pflanzen in dieser Zeit. Sie konnten bis zu 20 Meter hoch werden!", erklärte Tiger mit einer Mischung aus Begeisterung und Wissen.

Während sie weitergingen, stoppte Tiger erneut und deutete auf einen riesigen Pilz, der vor ihnen stand. "Ah, das ist ein Prototaxites! Wusstest du, dass es Debatten darüber gab, ob es sich wirklich um einen Pilz oder vielleicht um eine Art Alge handelte? Aber in einem der Bücher, die die Kinder gelesen haben, wurde bestätigt, dass es Pilze sind."

Joey, von Tigers Begeisterung angesteckt, konnte sich ein Lächeln nicht verkneifen. Dann, als ein Insekt vorbeihuschte, das einem modernen Libellenvorfahren ähnelte, rief Tiger aus: "Oh, das war ein Meganeura! Eine Riesenlibelle, die in der Jurazeit lebte. Sie konnte eine Flügelspannweite von bis zu 65 Zentimetern haben!"

Tiger blieb vor einer anderen Pflanze stehen, die etwas abseits wuchs. "Das dort ist ein Bennettitale – sie ähneln Palmen, gehören aber zu einer ganz eigenen Gruppe. Es wird vermutet, dass ihre Blüten eine frühe Form der Bestäubung durch Insekten entwickelt haben."

Die beiden setzten ihren Weg fort, und während sie durch diese prähistorische Welt gingen, schien es, als würde

Tigers Wissen sie auf jeder Stufe begleiten, wodurch ihr Abenteuer durch die Zeit noch interessanter wurde.

"Schau dir diese Fußspuren an", murmelte Joey, während er auf die tief eingedrückten Abdrücke im feuchten Boden deutete.

Tiger antwortete, "Sie müssen von einem riesigen Dinosaurier stammen. Anhand ihrer Größe und Form tippe ich auf einen Allosaurus oder ein ähnlich großes Raubtier."

Tiger schluckte hörbar und sein Blick wurde ernst. "Allosaurus", sagte er leise. "Bei meinem ersten Ausflug hier habe ich einen gesehen. Es war eine gefährliche Situation.", sagte er mit einer Mischung aus Wehmut und Entschlossenheit in der Stimme. "Ich erlebte, wie er während einer wilden Jagd gegen einen mächtigen Baum stieß. Dieser Baum, einer der größten in diesem Wald, begann gefährlich zu wanken. Mit einem ohrenbetäubenden Krachen fiel er, und genau an dem Ort, wo Tak und ich standen." Tiger hielt inne.

"Ich konnte gerade noch rechtzeitig zur Seite springen, aber Tak... war nicht so schnell. Der Baum fiel auf sie und klemmte sie darunter ein. Es war ein furchtbarer Anblick."

Joey blickte Tiger tief in die Augen und sagte, "Ich bin so froh, dass du Tak damals retten konntest. Das muss wirklich ein beängstigendes Erlebnis gewesen sein."

Tiger nickte und antwortete, "Es war eine der gefährlichsten Situationen, die ich je erlebt habe. Aber ich bin froh, dass ich in dem Moment die richtige Entscheidung getroffen habe."

Joey lächelte. "Manchmal führt uns das Schicksal genau dorthin, wo wir gebraucht werden. Es ist schön zu wissen, dass du immer für deine Freunde da bist, Tiger."

Mit einem Lächeln, das Dankbarkeit und Erleichterung widerspiegelte, setzten sie ihren Weg fort. Während sie weitergingen, kletterten sie auf einen gigantischen Farn, von dem aus sie die Gegend überblicken konnten. In der Ferne erhoben sich Berge, aus denen Rauchsäulen emporstiegen. "Das ist ein Vulkan!", erklärte Tiger aufgeregt.

"Wir sollten dorthin gehen", schlug Joey vor. "Von dort oben haben wir bestimmt einen guten Überblick über das Land."

Als Tiger und Joey den glitzernden Fluss erreichten, hielten sie inne und suchten nach einer Möglichkeit, ihn zu überqueren.

"Schau mal da drüben, Joey!", rief Tiger aus und zeigte auf einige große, schildkrötenähnliche Tiere, die sich gemächlich im Wasser fortbewegten. "Das sind Plesiochelys. Ich habe den Kindern zugehört, als sie aus ihren Büchern darüber vorgelesen haben. Das sind urzeitliche Schildkröten aus der Jurazeit."

Joey sah die Tiere nachdenklich an. "Und du meinst, wir könnten auf ihnen rüberkommen?"

Tiger nickte eifrig. "Ja, ich glaube schon! Sie sehen stabil und stark genug aus. Wenn wir vorsichtig sind, könnten wir von einer zur anderen springen."

Nach einem Moment des Zögerns sagte Joey: "Okay, ich vertraue dir. Lass uns das versuchen."

Mit großer Vorsicht näherten sich die beiden der ersten Plesiochelys. Mit etwas Geschick und Mut hüpften sie von einer Schildkröte zur nächsten, bis sie schließlich das andere Ufer erreichten.

Die Reise von Tiger und Joey zum Berggipfel war alles andere als eintönig. Selbst in dieser prähistorischen Umgebung mit all ihrer fremdartigen Schönheit und Gefahr konnten die beiden jungen Katzen ihre verspielte Natur nicht unterdrücken. Jeder neue Stein, jedes Rascheln im Gebüsch wurde zu einem neuen Abenteuer oder einem kleinen Wettkampf.

Es begann, als Tiger einen besonders glatten Stein entdeckte, der perfekt in der Mitte eines kleinen Tümpels lag. Mit einem herausfordernden Blick in Joeys Richtung sprang er geschickt darauf und rief: "Wetten, du schaffst das nicht?" Joey war niemand, der eine Herausforderung ablehnte, fing sofort darauf ein. Er machte einen weiten Sprung, landete jedoch mit einem platschenden Geräusch direkt im Tümpel. Tiger lachte herzhaft, während Joey mit einem schelmischen Grinsen drohte: "Du wirst noch sehen!"

Weiter ging es durch ein Dickicht von riesigen Farnen, die sich in der sanften Brise wiegten. Hier entdeckten sie ein Spiel, bei dem sie sich gegenseitig durch das dichte Laub jagten, wobei sie versuchten, einander zu überraschen und zu fangen. Ihre Lacher und das Rascheln der Blätter hallten durch das gesamte Tal.

Nachdem sie sich genug ausgetobt hatten, setzten sie ihren Weg fort und kamen schließlich zu einem steilen, felsigen Anstieg. Es erforderte ihre ganze Geschicklichkeit und Balance, um diesen zu überwinden, aber sie machten daraus ein Spiel, indem sie versuchten herauszufinden, wer die kreativsten Wege finden konnte, um nach oben zu gelangen. Hier ein Sprung von einem Felsen zum nächsten, dort ein geschickter Einsatz ihrer Krallen, um an einer rutschigen Stelle Halt zu finden.

Schließlich, nach all den Spielen, Herausforderungen und kleinen Wettkämpfen, erreichten sie einen atemberaubenden Aussichtspunkt auf einem Berg. Erschöpft von all der Aktivität ließen sie sich nieder, um sich auszuruhen und das Panorama zu genießen. Das weite Tal erstreckte sich vor ihnen, und mittendrin bot sich ihnen eine faszinierende Szenerie: Unzählige kleine Dinosaurier wuselten aufgeregt um ein von Lava umgebenes Plateau. "Das sind Compsognathus!", sagte Tiger und fügte hinzu: "Ich habe diese kleinen Kerle auch schon bei meinem ersten Besuch hier getroffen." Ein einsamer Baum ragte stolz in dessen Mitte empor, und hoch über allem kreiste ein majestätischer Flugdinosaurier - ein Pterodactylus.

"Was mag da los sein?", fragte Joey, seine Neugier geweckt.

"Es gibt nur einen Weg, das herauszufinden", sagte Tiger entschlossen. "Lass uns näher herangehen und es herausfinden!"

Mit dieser Entscheidung begannen die beiden Katzen, den Abhang des Berges vorsichtig hinunterzusteigen, immer das von Lava umgebene Plateau im Blick. Das Gras unter ihren Pfoten fühlte sich weich an und zwischendurch raschelten kleine Insekten aufgeschreckt davon. Sie näherten sich der Szenerie, wobei sie beide bemüht waren, nicht zu viel Aufmerksamkeit auf sich zu ziehen.

"Schau mal, Tiger! Die Compsognathus scheinen sich um etwas zu streiten oder sind aufgeregt wegen etwas, das auf dem Plateau passiert", flüsterte Joey, während er versuchte, zwischen den kleinen Dinos hindurchzublicken.

Tiger verengte seine Augen, um besser erkennen zu können, was da vor sich ging. "Du könntest recht haben. Es sieht so aus, als ob da etwas oder jemand auf dem Plateau ist, das ihre Aufmerksamkeit erregt."

Während sie sich weiter vortasteten, bemerkten sie, dass der Lärm und die Aufregung der Compsognathus zunahmen. Das Kreisen des Pterodactylus schien ebenfalls intensiver zu werden, als ob er auf eine Chance wartete, sich auf das Plateau zu stürzen.

"Lass uns vorsichtig sein", warnte Tiger, "wir wissen nicht, welche Gefahren uns dort erwarten."

Joey nickte zustimmend. "Stimmt. Aber ich möchte wirklich wissen, was da vor sich geht. Diese Neugierde... sie treibt mich an."

Mit dieser Entschlossenheit setzten sie ihren Weg fort, bereit, das Geheimnis des von Lava umgebenen Plateaus zu lüften.

Mit jedem Schritt kamen sie näher und die Szene, die sich ihnen bot, wurde klarer. Sie konnten jetzt deutlich eine Gestalt auf dem Plateau erkennen – eine weiße Katze, die verletzt und hilflos in der Mitte lag. Die Compsognathus umrundeten das Plateau, als suchten sie eine Möglichkeit hinaufzukommen.

Die beiden erschraken und suchten sofort nach einer Möglichkeit, ihr zu helfen.

Kapitel 9: Zusammenstoß auf dem Felsplateau

Joey war besorgt und flüsterte, "Wir müssen ihr helfen!"

"Ich weiß", antwortete Tiger, "aber schau mal, es sind zu viele von diesen kleinen Dinos. Selbst wenn wir es versuchen würden, hätten wir keine Chance, sie alle abzuwehren."

Joey überlegte kurz. "Was ist, wenn wir sie ablenken könnten? Etwas Großes, das ihre Aufmerksamkeit auf sich zieht?"

Tigers Augen funkelten. "Der Allosaurus! Wenn wir ihn hierherlocken könnten, würde er die kleinen Dinos verjagen und wir könnten die weiße Katze retten."

Joey nickte zustimmend. "Ein riskanter Plan, aber es könnte funktionieren."

Nachdem Joey und Tiger ihren mutigen Plan gefasst hatten, wussten sie, dass der nächste Schritt darin bestand, einen Allosaurus zu finden, um ihn zum Plateau zu locken. Sie beschlossen, zu dem hohen Berg zurückzukehren, von dem sie einen weiten Blick über das Land hatten. Mit kraftvollen Sprüngen und geschickten Bewegungen kletterten sie die steinigen Hänge hinauf. Oben angekommen, nutzten sie die Höhe, um sich gründlich umzusehen. Nach einigen Momenten des Suchens entdeckte Tiger in der Ferne eine kleine Gruppe von Allosauriern, die durch einen kleinen Wald streiften.

"Dort sind sie!", flüsterte er aufgeregt und deutete mit seiner Pfote in die Richtung der gigantischen Raubtiere. Joey nickte zustimmend, und sie begannen sofort, ihren Plan in die Tat umzusetzen.

Die beiden Katzen schlichen sich zu der nahegelegenen Lichtung, wo sie den Allosaurus gesehen hatten. Tiger warf einen Stein, um die Aufmerksamkeit eines der riesigen Raubtiere auf sich zu ziehen. Es funktionierte! Mit einem lauten Brüllen setzte der Allosaurus zur Verfolgung an.

Mit klopfenden Herzen führten Tiger und Joey den Allosaurus zielstrebig zum Plateau. Jede ihrer Bewegungen war präzise und berechnet. Sie sprangen zwischen den Felsen und Sträuchern hin und her, spielten mit dem Allosaurus ein riskantes Katz-und-Maus-Spiel, immer knapp außerhalb seiner Reichweite. Ihre Wendigkeit war ihr Vorteil gegenüber dem massigen, kräftigen Dinosaurier, der mit jedem Schritt die Erde zum Beben brachte.

Als sie das Plateau erreichten, fokussierte der Allosaurus plötzlich auf eine neue Beute. Seine Augen fixierten die Compsognathus, die in Scharen umherliefen. In diesem Moment schien er Tiger und Joey vollkommen vergessen zu haben. Mit einem gewaltigen Brüllen setzte er zu einem Sprint an und jagte die kleineren, wendigen Dinosaurier, die in Panik auseinanderstoben.

Das Chaos auf dem Plateau zog auch die Aufmerksamkeit des Pterodactylus auf sich. Mit einem schrillen Schrei, der die Aufregung und das Durcheinander nur noch vergrößerte, schlug der Flugsaurier mit seinen mächtigen Flügeln und erhob sich in die Lüfte, um sich aus der

Gefahr zu bringen. Das Schauspiel war atemberaubend und zeigte die unberechenbare Wildheit der prähistorischen Natur.

So schnell sie konnten, stürmten Joey und Tiger zu der verletzten weißen Katze. Um sie herum war Chaos, doch in diesem Moment gab es für die beiden nur ein Ziel: das verängstigte Wesen zu retten.

Entschlossen beugte sich Joey vorsichtig zu ihr herunter. "Keine Angst", flüsterte er beruhigend mit freundlicher Stimme, während er sie sanft anhob. Tiger, der vorausgeeilt war, hatte bereits den Eingang zu einer versteckten Höhle ausgemacht, die in der Nähe lag. Das dunkle Innere schien ein sicherer Ort zu sein, weit weg vom tobenden Chaos draußen.

Sie trugen die weiße Katze behutsam hinein, legten sie auf ein weiches Moosbett und versicherten sich, dass sie sicher war. Als sie sie endlich abgesetzt hatten, richtete die Katze ihren Blick langsam auf Joey. Ihre Augen, groß und klar, funkelten im schwachen Licht der Höhle. Sie strahlten Angst, aber auch große Dankbarkeit aus. "Danke", hauchte sie schwach. "Ich bin Tik."

Tiks Augenlider wurden schwer, und sie sank langsam in einen tiefen Schlaf. Die Stille der Höhle wurde nur durch das leise Atmen der weißen Katze und das Tropfen von Wasser irgendwo in der Ferne unterbrochen. Während Joey und Tiger sie eine Weile still anblickten, fiel ihnen etwas Ungewöhnliches auf.

"Siehst du das?", flüsterte Joey und deutete auf Tiks Hals. Um ihren Hals hing ein Amulett, das rot blinkte. "Was mag das sein?"

Tiger beugte sich näher heran, um das Amulett genauer zu betrachten. "Ich habe keine Ahnung. Es scheint irgendeine Art von Gerät zu sein."

Beide Katzen waren von dem rätselhaften Amulett fasziniert, konnten aber keine schlüssige Erklärung dafür finden. Sie entschieden, Tik später danach zu fragen, wenn sie wieder wach war.

"Es ist merkwürdig", murmelte Tiger nachdenklich, seine Augen immer noch auf die schlafende Tik gerichtet. "Ihr Name klingt so ähnlich wie der von Tak, der Katze, die ich früher getroffen habe. Denkst du, es könnte eine Verbindung zwischen ihnen geben?"

Joey runzelte die Stirn und überlegte einen Moment. "Es ist möglich", sagte er schließlich. "In dieser Welt scheint es viele Geheimnisse zu geben, die wir noch nicht kennen. Aber im Moment ist es am wichtigsten, dass sie wieder auf die Beine kommt."

Tiger nickte. "Du hast recht. Sie braucht dringend etwas zu trinken und zu essen."

Joey lächelte kurz. "Ich werde sehen, was ich tun kann. Du passt in der Zwischenzeit auf sie auf?"

Tiger nickte entschlossen. "Natürlich. Geh und mach, was du am besten kannst. Ich werde hier bei ihr bleiben und sicherstellen, dass sie sicher ist."

In der stillen Dunkelheit der Höhle, nur erleuchtet von dem schwachen Licht, das durch den Eingang drang, hing Tiger seinen Gedanken nach. Die Namen 'Tak' und 'Tik' tanzten in seinem Kopf. Fast wie ein rhythmisches Echo schienen sie miteinander zu spielen. Er experimentierte im Geiste, vertauschte ihre Reihenfolge, und ein Gedanke schlich sich in seinen Verstand.

Ein leises Klacken, das stetige Ticken einer Uhr. In diesem Moment verstand er die mögliche Verbindung. Könnte es sein, dass ihre Namen, in dieser Zeit völlig fehl am Platz, tatsächlich eine tiefere Bedeutung hatten? Eine Verbindung zu der Zeit selbst? Das klang verrückt, aber in einer Welt, in der sie von der Gegenwart in die prähistorische Vergangenheit versetzt wurden, schien alles möglich.

Er erinnerte sich an Geschichten aus seiner Kindheit, in denen das 'Tik-Tak' einer Uhr als Metapher für den unaufhaltsamen Lauf der Zeit benutzt wurde. Wenn das zutraf, dann könnten diese beiden Katzen, Tik und Tak, auf irgendeine Weise Antworten zu ihren mysteriösen Abenteuern sein.

Ehe Tiger seine Überlegungen vertiefen konnte oder gar zu einem Schluss kam, riss ein leises, doch unverkennbares Geräusch ihn aus seinen Gedanken. Ein raschelndes Geräusch, gefolgt von den behutsamen Schritten, die er gut kannte. Er blickte in Richtung Höhleneingang und erkannte die vertraute Silhouette von Joey, der mit vorsichtigen Schritten zurückkehrte.

Tiger erhob sich geschmeidig und neigte seinen Kopf leicht zur Seite. "Hast du alles gefunden, was wir brauchen?", fragte er, seine Stimme leise, um Tik nicht zu wecken.

Joey nickte und ließ seinen Blick kurz über Tik gleiten, bevor er sich wieder Tiger zuwandte. "Ja, ich habe einige kleine Tiere gefangen. Und hier," er zeigte auf ein großes

Blatt, "haben wir auch eine Möglichkeit Wasser in der Höhle aufzufangen."

Tiger schnurrte zufrieden. "Das war schneller als erwartet. Gute Arbeit."

Joey sträubte ein wenig sein Fell. "Die Jurazeit hat ihre Vorteile. Das Überleben mag zwar herausfordernd sein, aber es gibt überall Nahrung und Wasser. Man muss nur wissen, wo man suchen muss."

Tiger blickte Joey nachdenklich an. "Joey, hast du über die Namen Tik und Tak nachgedacht?"

Joey, der sichtlich verwirrt war, blinzelte. "Nein, nicht wirklich. Sind das nicht einfach nur Namen?"

Tiger nickte langsam. "Ich habe darüber nachgedacht... Wir sind in einer anderen Zeit, und dann gibt es da zwei Katzen namens Tik und Tak, fast wie 'Tick-Tock' von einer Uhr."

Joey sah Tiger an, leicht verwirrt. "Hm, das klingt seltsam, Tiger. Aber ich weiß nicht viel über Uhren oder Zeit. Für mich sind das nur Namen."

"Vielleicht haben sie eine tiefere Bedeutung", fuhr Tiger fort. "Es könnte einen Zusammenhang mit unserer Reise durch die Zeit geben."

Joey kratzte sich am Ohr. "Könnte sein. Aber solche Dinge sind für mich ein bisschen zu kompliziert. Ich bin nur froh, dass wir sicher sind und Tik und Tak hier sind, um uns zu helfen."

In diesem Moment regte sich Tik und begann langsam, sich ihrer Umgebung bewusst zu werden. Tiger und Joey beobachteten sie, gespannt darauf, was sie vielleicht über ihre Namen und ihre Rolle in dieser seltsamen, neuen Welt enthüllen würde.

Tik rieb sich die Augen und blickte in die besorgten Gesichter von Tiger und Joey.

"Hey, wie fühlst du dich?", fragte Tiger sanft.

"Ein wenig schwach, aber besser. Danke für eure Hilfe", antwortete Tik mit einem schwachen Lächeln.

Joey, der von Natur aus neugierig war, zögerte nicht. "Wir sind froh, dass wir helfen konnten, aber wir haben so viele Fragen. Wie bist du hier gelandet? Und in dieser gefährlichen Lage auf dem Plateau?"

Tik seufzte. "Es ist eine lange Geschichte. Aber ich bin hier, um jemanden zu finden."

Tiger neigte den Kopf. "Jemanden wie... Tak?"

Tiks Augen weiteten sich vor Überraschung. "Woher weißt du von Tak?"

Tiger erzählte kurz von seiner Begegnung mit Tak und wie er ihr half, sich von dem umgestürzten Baum zu befreien. "Die Ähnlichkeit in euren Namen hat uns stutzig gemacht", fügte er hinzu.

Tik nickte. "Ja, unsere Namen sind kein Zufall. Wir sind... verbunden. Aber nicht so, wie ihr vielleicht denkt."

Joey, immer noch von seinem Entdeckergeist angetrieben, fragte weiter: "Was ist mit dem rot blinkenden Amulett an deinem Hals? Warum blinkt es?"

Tik blickte auf das Amulett. "Es ist ein Notsender, der normalerweise dazu dient, mit Tak zu kommunizieren. Aber selbst auf dem Plateau, konnte ich kein ausreichend starkes Signal senden. Es blinkt rot, wenn die Verbindung nicht aufgebaut werden kann."

Sie schaute sich müde um. "Ich hätte einen höheren Punkt erreichen müssen, aber ich war zu erschöpft und die Compsognathus waren überall. Das Plateau war der einzige Ort, der ein wenig Schutz bot."

Die beiden Katzen verstanden, wie schwierig Tiks Situation war. Sie war nicht nur von den gefährlichen Compsognathus bedroht gewesen, sondern konnte weder um Hilfe rufen oder Kontakt zu ihrem Freund aufzunehmen.

Joey tauschte einen kurzen Blick mit Tiger. "Aber warum hier? In dieser Zeit? Und warum warst du in einer solch gefährlichen Lage?"

Tik atmete tief durch. "Manchmal geraten Dinge außer Kontrolle. Ich kam hierher, weil ich Tak suchte. Aber ich habe mich in eine schwierige Lage gebracht und konnte nicht mehr fliehen."

Tiger schaute Tik nachdenklich an. "Du bist nicht von hier, oder?"

Tik lächelte schwach. "Nein, ich bin nicht von hier. Aber ich kann euch nicht mehr erzählen. Es ist zu gefährlich."

Mit diesem Satz war Joeys und Tigers Neugierde geweckt, aber sie wollten Tik nicht weiter aushorchen. Sie wussten, dass sie ihr erst einmal vertrauen mussten. Es gab noch viele Geheimnisse, die gelüftet werden mussten, aber jetzt war es an der Zeit, Tik zu helfen und sicherzustellen, dass sie alle sicher aus dieser Zeit zurückkehrten.

Sie schaute Tiger hoffnungsvoll und entschlossen an. "Tiger, würdest du es wagen, das Amulett auf den Baum des Plateaus zu bringen und es zu aktivieren? Dort könnte das Signal ausreichend stark sein."

Tiger runzelte nachdenklich die Stirn. "Das Plateau war schon riskant genug, aber vielleicht gibt es eine bessere Option. Wie wäre es, wenn wir versuchen, das Gerät auf dem Berggipfel zu aktivieren? Er ist viel höher als das Plateau und könnte ein stärkeres Signal senden."

Tik blickte überrascht. "Das ist eine brillante Idee! Ich hatte an den Berg nicht gedacht, weil ich zu dem Zeitpunkt schon zu schwach war, um dorthin zu gelangen. Aber mit deiner Hilfe könnten wir es schaffen. Das Signal von dort oben hätte eine viel größere Reichweite. Tak könnte es leichter empfangen."

Joey nickte zustimmend. "Tiger, das ist wirklich clever von dir."

Tiger lächelte. "Manchmal muss man nur die Perspektive wechseln, um eine Lösung zu finden."

Nachdem Tik ihre Pfote dankbar auf Tigers Schulter gelegt hatte, nickte Tiger entschlossen und machte sich auf den Weg. Er wusste, dass keine Zeit zu verlieren war, wenn sie Tak erreichen wollten. Durch das dichte Unterholz, über moosbedeckte Steine und entlang schmaler Pfade arbeitete er sich voran, immer auf der Suche nach einem höheren Punkt.

Der Aufstieg war anstrengend, und Tiger musste mehrmals innehalten, um Atem zu schöpfen. Der dichte Nebel und das unebene Gelände erschwerten seinen Weg, aber er ließ sich nicht entmutigen. Schließlich erreichte er den Gipfel des Berges, ein Ort, von dem er hoffte, dass er hoch genug war, um das Signal des Notsenders zu senden.

Tiger suchte nach dem perfekten Platz für das Amulett, wo es das Signal möglichst ungestört senden konnte. Er platzierte den Notsender sorgfältig und aktivierte ihn. Während er darauf wartete, dass das Gerät arbeitete, bemerkte er eine seltsame Bewegung im Nebel. Er blickte auf und sah eine Gestalt, die ihm fast ähnlich sah, nur größer und dunkler. Tiger blinzelte, verwirrt von dieser unerwarteten Erscheinung. War das ein Trugbild, ein Produkt seiner eigenen Erschöpfung?

Er versuchte, die verwirrende Vision zu ignorieren, und konzentrierte sich auf das Amulett. Nach einigen Momenten des Wartens wechselte das Licht des Amuletts von Rot zu Grün – ein Zeichen dafür, dass eine Verbindung erfolgreich hergestellt worden war. Genau wie Tik es erklärt hatte. Erleichtert nahm Tiger das Amulett wieder an sich und machte sich auf den Weg zurück zur Höhle.

"Ich habe den Notsender aktiviert", begann Tiger, als er schließlich die Höhle erreichte. "Aber auf dem Gipfel habe ich... ich glaube, ich habe eine Art Erscheinung gesehen. Es sah aus wie eine größere, dunklere Version von mir. Vielleicht habe ich mich getäuscht, weil ich so erschöpft bin und es war nur ein Spiegelbild.", fügte er grinsend hinzu.

Joey hörten ihm aufmerksam zu und fragte sich, ob es seinem Freund gut ging.

Tik's Augen dagegen weiteten sich und ihre Schwanzspitze zuckte unruhig. "Wie sah diese Gestalt genau aus?" fragte sie mit zitternder Stimme.

Tiger versuchte, sich an die Details zu erinnern. "Nun, es war nur für einen kurzen Moment, aber es sah aus wie eine größere Version von mir, mit mehr Muskeln. Sein Fell war dunkler, fast schwarz, und seine Augen... sie schienen rot im Nebel zu glühen."

Tik schluckte hörbar. "Das... das könnte Calimero sein."

Joey warf ihr einen verwirrten Blick zu. "Wer ist Calimero?"

Tik atmete tief durch. "Calimero ist ein sehr gefährlicher Kater aus meiner Zeit. Er ist grausam und bekämpft jeden, der sich ihm in den Weg stellt. Wenn er hier ist, könnte das für uns alle sehr gefährlich werden."

Tiger's Augen weiteten sich vor Schreck. "Ich dachte, es wäre nur eine Illusion gewesen. Was sollten wir jetzt tun?"

Tik überlegte einen Moment. "Zunächst müssen wir sicherstellen, dass wir uns schützen können. Wenn es Calimero ist, müssen wir uns vorbereiten."

Kapitel 10: Die Verteidigung der Höhle

Tik's Miene verdunkelte sich. "Wir müssen uns auf einen Kampf vorbereiten", sagte sie bestimmt. Ihr Ausdruck verriet, dass es nicht leicht werden würde.

"Erst einmal sollten wir prüfen, ob es einen zweiten Ausgang aus dieser Höhle gibt", schlug Joey vor. "Es wäre gut zu wissen, ob wir im Notfall fliehen können."

Tik nickte zustimmend. "Gut, du und ich erkunden die Höhle. Tiger, bewachst du den Eingang?"

Tiger nickte entschlossen und positionierte sich am Eingang, während Joey und Tik in der Dunkelheit der Höhle verschwanden.

Während sie sich vorsichtig durch die engen Gänge zwängten, wagte Joey zu fragen: "Warum ist dieser Calimero so gefährlich?"

Tik seufzte. "Er war einst einer von uns und ist ein Meister in 'Kratz Maga', einer alten Kampfkunst der Katzen. Aber er wandte sich dem Dunklen zu. Daher ist er nun sehr gefährlich."

Joey schluckte. "Und jetzt?"

"Jetzt", antwortete Tik, "ist er ein Verräter und einer unserer mächtigsten Feinde."

Ein Gedanke schoss Joey plötzlich durch den Kopf. "Tak wird zum Berg gehen und nicht zum Plateau! Wir müssen ihn irgendwie hierherlocken."

Tik's Augen leuchteten auf. "Ich habe da eine Idee. Wenn wir ein Feuer entfachen könnten, würde der Rauch seine Aufmerksamkeit sicherlich auf uns ziehen. In dieser Zeit ist ein Lagerfeuer alles andere als gewöhnlich."

Während sie tiefer in die Höhle vordrangen, bemerkten sie einen kühlen Luftzug, der durch eine verborgene Spalte strömte. Neugierig folgten sie diesem Luftzug und fanden schließlich einen zweiten Ausgang. Er würde nicht nur eine Fluchtmöglichkeit sein, sondern auch der perfekte Ort, um ein Signalfeuer zu entfachen.

Sie sammelten eifrig trockenes Holz und Geäst aus der Umgebung. Als sie genug Holz zusammengetragen hatten, legten sie es in einem geordneten Stapel ab. Joey warf Tik einen unsicheren Blick zu, nicht sicher, wie sie das Feuer in dieser prähistorischen Welt ohne moderne Hilfsmittel entfachen sollten. Doch Tik, mit einem Wissen über alte Techniken, nahm zwei harte Stöcke. Sie begann, einen Stock schnell und kräftig gegen den anderen zu reiben, wobei sie die entstehende Reibungshitze nutzte. Nach einigen Minuten voller Spannung flogen die ersten Funken und das trockene Holz fing an zu brennen. Die Flammen wuchsen stetig und bald stiegen dichte Rauchwolken in den Himmel, die die schon vom weiten zu sehen waren. Joey staunte über Tiks Geschicklichkeit und war erleichtert über ihre Fähigkeit, sich in dieser fremden Welt zurechtzufinden.

Während Tik und Joey den hinteren Bereich der Höhle erkundeten, wurde die gedämpfte Stille plötzlich von fernen, aber unverkennbaren Kampfschreien durchbrochen. Sie blickten einander alarmiert an.

"Das klingt nach Tiger!", flüsterte Joey hastig, seine Stimme von Sorge erfüllt.

Sie wussten, dass sie nicht viel Zeit hatten. Das Echo der Schreie schien sich zu verstärken und näher zu kommen. Sie rannten so schnell sie konnten den gewundenen Pfad zurück, wobei ihre Pfoten über den kühlen Steinboden huschten. Jede Biegung und jede Kurve, die sie nahmen, brachte sie der Gefahr näher. Doch sie mussten Tiger zur Hilfe eilen.

Schließlich erreichten sie den zentralen Höhlenraum, und der Anblick, der sich ihnen bot, ließ sie stocken. Tiger war in einen heftigen Kampf mit einem anderen Kater verwickelt. Sein sonst so ordentliches Fell war zerzaust und mit Staub bedeckt, und es sah so aus, als ob der andere Kater - Calimero - die Oberhand gewonnen hatte.

Tik, geschwächt von ihrer vorherigen Anstrengung, wusste, dass sie nicht direkt eingreifen konnte. Doch sie wollte helfen. Sie nahm das Amulett, das sie um ihren Hals trug, ab und reichte es Joey. "Nimm dies, es wird dir gegen Calimero helfen", flüsterte sie.

Joey, der Tik vertraute, nahm das Amulett und hängte es sich um den Hals. Zu seiner Verwunderung spürte er sofort, wie eine neue Kraft in seinem inneren wuchs. Seine Muskeln spannten sich an und er stürzte sich in den Kampf an Tigers Seite.

Tiger und Joey, nun mit neuer Energie, kämpften gegen Calimero. Die beiden Freunde versuchten, durch koordinierte Angriffe gemeinsam den mächtigen Gegner zu überwältigen. Doch trotz ihrer vereinten Bemühungen und Joeys verstärkten Fähigkeiten blieb Calimero ein furchteinflößender Gegner.

Ihr Fauchen hallte von den Wänden der Höhle wider, ihre Kräfte schwanden und Fellfetzen flogen durch die Luft.

Doch gerade als die Lage aussichtslos schien, brach ein kraftvoller Schrei durch die angespannte Atmosphäre. Tak stürmte in die Höhle. Ihre Augen blitzten vor Zorn und Entschlossenheit. Ohne auch nur einen Moment zu zögern, warf sie sich in den Kampf und griff Calimero von hinten an, der vollkommen überrascht von diesem plötzlichen Angriff war.

Gemeinsam, in der plötzlichen Überzahl und Taks Kampferfahrung auf ihrer Seite, trieben die drei Freunde Calimero zurück. Nach einigen heftigen Attacken, in denen sie sich durch die Höhle jagten und krallten, floh Calimero aus der Höhle.

Erschöpft, aber erleichtert, legten sich die drei Katzen auf den Boden. Dank Taks rechtzeitiger Hilfe waren sie dem drohenden Unheil entkommen.

Tak atmete schwer. Sie sah Tiger und Joey einen Moment lang an, die Erleichterung über ihr Überleben spiegelte sich in ihren Augen wider.

"Das war... knapp," sagte Joey, der zwar zerrupft aussah, aber kaum außer Atem war.

Tiger keuchte und hielt seinen Blick immer noch auf den dunklen Teil der Höhle gerichtet, durch den Calimero geflohen war. "Ich glaube nicht, dass er uns jetzt noch

Probleme machen wird.", sagte Tak, die seinem Blick gefolgt war.

"Danke für deine Hilfe, Tak," sagte Tiger. "Ohne dich wären wir..."

Tak hob beschwichtigend eine Pfote. "Ich weiß. Lasst uns einfach schauen, ob es Tik gut geht und dann herausfinden, wie wir von hier wegkommen."

Tiger nickte. "Du hast recht. Aber eine Sache noch... Wie wusstest du, dass wir hier waren?"

Tak lächelte leicht. "Das Feuer, das ihr entfacht habt, war ein ziemlich deutliches Zeichen."

"Das war Tiks Idee," sagte Joey und warf einen dankbaren Blick auf die weiße Katze.

"Wir haben noch viel zu besprechen," meinte Tik leise. "Aber zuerst müssen wir uns in Sicherheit bringen."

Alle waren sich einig. Sie mussten weg von hier, bevor Calimero zurückkehren würde.

Die Sonne stand schon tief am Horizont, als die vier Katzen sich auf den Weg zum Portal machten. Die Ereignisse des Tages hatten ihre Spuren hinterlassen, und jeder von ihnen trug Verletzungen und Narben davon. Tik, trotz ihrer Schwäche, führte die Gruppe an, ihr weißes Fell leuchtete im schwindenden Licht.

Tiger humpelte leicht. Joey war dank des Amuletts fast unverletzt. Er machte sich Sorgen um Tik.

Tak, der stärkste von allen, schien ihre Verletzungen am wenigsten zu spüren, blieb jedoch wachsam und hielt Ausschau nach möglichen Gefahren.

Kapitel 11: Das Geheimnis des Steins

Während sie ihren Weg durch das verwobene Geäst des alten Waldes zurückverfolgten, ließen Tik und Tak ihre Gedanken über die jüngsten, turbulenten Ereignisse schweifen. "Tiger hat sich mit einer Tapferkeit und Geschicklichkeit gegen Calimero behauptet, die weit über das hinausging, was ich für möglich gehalten hätte", sinnierte Tik, ihr Blick nachdenklich in die Ferne gerichtet.

Tak, deren Augen noch immer das flimmernde Licht des Dschungels reflektierten, nickte. "Wahrlich, doch Joeys außergewöhnliche Stärke war ein Geschenk des Amuletts. Die Runen, eingraviert in sein antikes Herz, sind uralte Symbole der Kraft und Ausdauer."

Einige Schritte hinter ihnen schritt Tiger, dessen Ohren sich bei diesen Worten spitzten. "In meinen Träumen... dort habe ich Runen gesehen, die denen auf dem Amulett ähneln", sprach er, seine Stimme ein leises Echo der Mysterien, die ihn umgaben.

Als Tiger seine Beobachtungen über die rätselhaften Runen teilte, wandten sich Tik und Tak interessiert zu ihm um. "Tatsächlich? Seit wann hast du diese Träume?", erkundigte sich Tak, ihre Stimme von einem leisen Hauch der Neugier durchzogen.

Tiger runzelte die Stirn, als er versuchte, die Erlebnisse der letzten Tage zu entwirren. "Ich weiß wirklich nicht, ob diese seltsamen Runen mit dem Stein zusammenhängen, gegen den ich geprallt bin, oder ob es mit meinem Sturz ins Wasser und dem anschließenden Absturz über den Wasserfall zu tun hat. Es ist so viel passiert...", seine Stimme verlor sich einen Moment in den Erinnerungen.

In diesem Moment sprangen Tik und Tak auf. "Warte, hast du gesagt, du bist gegen einen Stein geprallt?", unterbrach Tak, ihre Augen leuchteten vor Aufregung. "Kannst du uns mehr darüber erzählen? Wie sah dieser Stein aus?"

Als Tiger den Stein und die Umgebung, in der er gestürzt war, mit allen Einzelheiten beschrieb, tauschten Tik und Tak einen wissenden Blick aus. "Das, was du beschreibst, klingt wie ein Menhir – ein alter Stein mit eingravierten Runen und besonderen Kräften", sagte Tik nachdenklich. "Diese Steine sind legendär und bekannt für ihre außergewöhnlichen Fähigkeiten."

Tak nickte zustimmend. "Wenn das der Stein ist, den du gefunden hast, dann könnte er genau das Artefakt sein, nach dem wir suchen. Es klingt, als ob er die Veränderungen in dir ausgelöst hat, seit du in seine Nähe gekommen bist."

"Wir müssen diesen Ort finden und den Menhir sehen", sagte Tik entschlossen. "Er könnte entscheidend sein für das, was wir hier erreichen wollen."

Als Tik und Tak von der Notwendigkeit sprachen, den geheimnisvollen Stein zu finden, blieben Tiger und Joey stehen, ihre Schritte unwillkürlich verlangsamt. Sie sahen einander an, und in ihren Blicken lag ein stilles Einverständnis.

Tiger wandte sich schließlich an Tik und Tak. "Wir würden euch wirklich gerne helfen, diesen Stein zu finden. Aber... wir müssen nach Hause."

Joey nickte zustimmend und sprach weiter: "Es war eine unglaubliche Reise, und wir sind dankbar für alles, was wir erlebt haben. Aber wir haben Heimweh. Es war anstrengend, und tief in uns spüren wir, dass es Zeit ist, zu gehen."

Tik und Tak hörten ihnen mit verständnisvollen Gesichtern aufmerksam zu. "Wir schätzen eure Ehrlichkeit und euren Mut", sagte Tak liebevoll. "Es ist wichtig, zu wissen, wann es Zeit ist, zurückzukehren."

Tiger seufzte leise. "Es tut uns leid, dass wir nicht bleiben und helfen können."

Tik legte eine Pfote auf Tigers Schulter. "Wir verstehen das. Ihr habt bereits so viel für uns getan."

Inmitten der alten Bäume, deren Blätter im Wind flüsterten, hielt Tiger kurz inne, bevor er und Joey ihren Weg zum Portal fortsetzte. "Einen Moment noch", sagte er, seine Stimme ruhig und bestimmt. "Ich möchte euch den Ort zeigen, wo ich den Stein gefunden habe." Sorgfältig zeichnete er mit seiner Pfote eine Karte in den Boden, jedes Detail bedacht wiedergebend. "Hier an dieser Klippe bin ich gegen ihn geprallt. Ich hoffe, diese Karte führt euch zu ihm und hilft euch auf eurer Suche."

Tik und Tak beugten sich über die Skizze, ihre Augen folgten den Linien und Markierungen, die Tiger gezogen hatte. "Das gibt uns einen Anhaltspunkt, Tiger. Vielen Dank", sagte Tik.

Tik nahm das Amulett von ihrem Hals und hielt es einen Moment lang in ihren Pfoten, bevor sie es Joey reichte. "Dieses Amulett ist mehr als nur ein Talisman", erklärte sie. "Es ist ein Symbol unserer Gruppe und ein Zeichen der Verbundenheit. Es hat dir im Kampf Kraft verliehen und wird dich auch weiterhin beschützen."

Joey nahm das Amulett entgegen, seine Augen leuchteten vor Ehrfurcht und Dankbarkeit. "Ich werde es als Zeichen unserer Freundschaft stets behüten."

Dann runzelte Tik nachdenklich die Stirn. "Seid vorsichtig, wenn ihr zu Kronos zurückkehrt. Er könnte misstrauisch sein, wenn er nur das Amulett sieht. Er könnte denken, es wurde gestohlen."

Joey und Tiger sahen sich überrascht an. "Was können wir tun, um ihn zu überzeugen, dass wir Freunde sind?", fragte Tiger.

Tik lächelte. "Kronos ist ein großer Liebhaber von Musicals, besonders von 'Cats'. Wenn ihr zurückkommt, sprecht mit ihm darüber oder singt vielleicht sogar ein Lied daraus. Das wird ihn überzeugen, dass ihr wirklich zu uns gehört."

Nachdem sie sich herzlich von Tik und Tak verabschiedet hatten, machten sich Tiger und Joey auf den Weg zum Portal. Joey trug das Amulett, das Zeichen ihrer Verbundenheit und ihres Dankes, um seinen Hals. Mit diesem neuen Symbol und dem Wissen über Kronos' Vorlieben waren sie bereit, ihn von ihrer Zugehörigkeit zu überzeugen.

Tik und Tak blieben allein zurück auf ihrer Mission, den geheimnisvollen Stein zu finden. Mit einer Mischung aus Entschlossenheit und Hoffnung machten sie sich daran, Tigers Hinweise zu folgen.

Joey und Tiger mussten durch einen dichten Wald navigieren, und das Unterholz war voller Geräusche. In der Ferne konnten sie das Brüllen von Dinosauriern hören, und es war klar, dass sie nicht die einzigen Bewohner dieser prähistorischen Welt waren.

Als sie schließlich das Portal erreichten, war es fast dunkel geworden. Es pulsierte in einem unregelmäßigen Rhythmus, als würde es vor Erschöpfung flackern. Die zwei Katzen blickten es an, und für einen Moment fühlten sie eine Mischung aus Erleichterung und Trauer.

Ohne ein weiteres Wort traten sie gemeinsam in das schimmernde Licht des Portals und ließen diese ungewöhnliche Welt hinter sich.

Kapitel 12: Wieder zuhause

Die Abenteurer waren wieder zu Hause, in der vertrauten Umgebung ihres Quartiers. Während Mama-Katze fürsorglich ihren Jungen Tiger und Joey beschnupperte und sich vergewisserte, dass es ihnen gut ging, begannen Nick und Benito zu erzählen.

"Ihr glaubt nicht, was uns passiert ist", begann Benito, seine Augen weit aufgerissen. "Kronos war uns auf den Fersen, wir haben versucht, ihn abzuhängen. Er ist schlau, flink und stark. Wir hatten kaum eine Chance gegen ihn."

Nick fuhr fort: "Es wurde dunkel und wir waren wirklich besorgt um euch. Aber glücklicherweise schien Kronos mehr Interesse daran zu haben, das Portal im Auge zu behalten, anstatt uns zu verfolgen. Das gab uns die Gelegenheit, sicher nach Hause zu gelangen. Er wirkte, als würde er auf jemanden oder etwas warten."

Joey und Tiger tauschten einen langen Blick aus und fingen an zu erzählen, von den Dinosauriern, dem Sender auf dem Berg, von Tik und Tak und von dem Kampf mit Calimero.

Nach einer Weile räusperte sich Joey und fuhr fort: "Als wir das Portal erreichten, gingen Tiger und ich hindurch, nur um sofort von Kronos überwältigt zu werden. Er drückte uns mit seinen mächtigen Pranken zu Boden."

Tiger imitierte Kronos' tiefe Stimme: "Woher habt ihr das?", hatte Kronos gefragt, seine Augen auf Joeys Amulett gerichtet.

"Joey antwortete schnell", fuhr Tiger fort, "und erklärte, dass es ein Geschenk von Tik und Tak war, als Zeichen unserer Freundschaft und Verbundenheit."

"Und dann", fügte Joey hinzu, "begann Tiger eine Melodie zu summen, was Kronos sichtlich überraschte, und sein Misstrauen löste. "

Tiger ergänzte: "Die Melodie, die ich gesummt hatte, war 'Memory' aus 'Cats', ein Lied, das die Kinder eine Zeit lang immer wieder gesungen hatten. Somit erkannte er, dass wir tatsächlich Freunde von Tik und Tak waren."

Die Gruppe lauschte gespannt, und Mama-Katze fragte: "Wer sind Tik,Tak und Kronos?"

Joey sah Mama Katze an, eine Spur von Geheimnis in seiner Stimme. "Tik und Tak sowie Kronos gehören, so scheint es, zu einer geheimen Gruppe, die sich mit diesen alten Steinen und Runen beschäftigt. Wir wissen nicht viel über sie, aber ihre Mission scheint tief mit der Geschichte dieser Steine und der Kraft der Runen verflochten zu sein."

Tiger nickte ernst. "Sie sind auf der Suche nach einem besonderen Stein – einem Menhir mit eingravierten Runen, der besondere Fähigkeiten zu besitzen scheint."

Mama-Katze betrachtete die Gruppe mit einem nachdenklichen Blick. "Es scheint, als hättet ihr noch viele Abenteuer vor euch."

Sie kuschelte sich an sie. "Aber das Allerwichtigste ist, dass ihr nun wieder sicher zu Hause seid."

Nick beugte sich neugierig vor und untersuchte das Amulett, das um Joeys Hals baumelte. "Hey, sieh mal, hier auf der Rückseite sind Kratzer", sagte er.

Joey schaute genauer hin und verbesserte ihn: "Das sind keine Kratzer, das sind Runen, Nick."

Benito, der neben ihnen stand, beugte sich ebenfalls vor. "Sieht aus wie die Zeichen in den Kinderbüchern", murmelte er.

Tiger, der nun aufmerksam geworden war, drängte sich vor, um einen Blick auf das Amulett zu werfen. Als er die Runen entzifferte, weiteten sich seine Augen. "Nutzung nur erlaubt durch TimeKeeper Katzen", las er laut vor. Er blickte auf und sagte: "Das bedeutet, Tik, Tak und Kronos sind Teil der 'TimeKeeper Katzen'."

Neugierig auf mehr Abenteuer?

Die Reise von Tiger und seinen Freunden ist noch lange nicht zu Ende! Weitere spannende Geschichten aus den **Zeitkatzen-Chroniken** sind bereits in Planung. Bleib auf dem Laufenden und erfahre als Erster, wann das nächste Buch erscheint.

Besuche www.zeitkatzen.de für alle Neuigkeiten und exklusive Einblicke in die kommenden Abenteuer!

Nachschlagekapitel: Entdecke die Welt der Zeitkatzen-Chroniken

1. Die Jurazeit

- **Zeitraum:** Die Jurazeit war vor etwa 201 bis 145 Millionen Jahren.
- **Klima:** Warm und feucht, mit üppigen Wäldern und riesigen Farnen.
- **Landschaft:** Vor allem von riesigen Wäldern, Seen und Vulkanen geprägt.
- **Bedeutung:** In dieser Zeit lebten die größten Dinosaurier und die ersten Vogelarten entwickelten sich.

2. Begriffe und Konzepte

- **Portal:** Ein magisches Tor, das es Tiger und seinen Freunden ermöglicht, durch die Zeit zu reisen.
- **Menhir:** Ein großer, aufrechtstehender Stein mit mystischen Runen, der besondere Kräfte besitzen soll.
- **Runen:** Alte Symbole, die oft für magische Zwecke oder als Schutzzeichen verwendet wurden. In der Geschichte haben die Runen besondere Kräfte.

3. Die Charaktere

- **Tiger:** Ein mutiger und neugieriger grau-schwarz getigerter Kater, der gerne seine Umgebung erkundet und durch das magische Portal in die Jurazeit gelangt. Er ist der Protagonist der Geschichte und wächst im Laufe des Abenteuers über sich hinaus.
- **Joey:** Ein intelligenter und abenteuerlustiger Bombay-Kater mit glänzend schwarzem Fell. Joey ist Tigers enger Freund und begleitet ihn auf seiner Reise durch die Zeit. Er ist stets bereit, mutige Entscheidungen zu treffen und behält auch in gefährlichen Situationen einen kühlen Kopf.
- **Nick:** Ein weiterer prächtiger Bombay-Kater und Joeys Bruder. Nick ist elegant, stark und immer darauf bedacht, seine Freunde zu beschützen. Er übernimmt oft die Rolle des Strategen in der Gruppe und sorgt dafür, dass alle sicher sind.
- **Benito:** Tigers schlanker und eleganter grauer Bruder, der ebenfalls ein großes Herz für Abenteuer hat. Benito ist mutig und neugierig, obwohl er manchmal etwas vorsichtiger ist als die anderen. Er spielt eine wichtige Rolle, wenn es darum geht, den Überblick zu behalten.
- **Mama Katze:** Eine liebevolle und fürsorgliche Mischung aus Tabby und Calico, die ihre Jungen über alles beschützt. Eigentlich heißt sie Oxana aber alle nennen sie Mama Katze. Sie ist von Natur aus etwas ängstlicher, aber sie sorgt dafür, dass alle sicher sind und unterstützt die Gruppe mit ihrer weisen und beruhigenden Art.

- **Tak und Tik:** Zwei mysteriöse Katzen, die Teil einer Gruppe von Zeitwächtern sind und Tiger auf seiner Reise helfen.
- **Calimero:** Ein gefährlicher schwarzer Kater, der einst ein Verbündeter war, sich aber dem Dunklen zugewandt hat.
- **Kronos:** Ein älterer, erfahrener Kater, der das Portal bewacht und eine tiefere Verbindung zu den Runen und der Zeit hat.

4. Die Zeitwächter

- **Die TimeKeeper Katzen:** Eine Gruppe von Katzen, die über magische Kräfte verfügen und als Hüter der Zeit fungieren. Sie beschützen die Portale und wachen über die Balance zwischen den Zeiten.

5. Spannende Fakten und Daten

Kreaturen und Dinosaurier der Jurazeit

- **Compsognathus:** Ein kleiner, schneller Dinosaurier, der oft in Rudeln jagte. Er war etwa so groß wie ein Huhn, hatte jedoch scharfe Zähne und Krallen, die ihn zu einem gefährlichen Räuber für kleinere Beutetiere machten.
    - **Wusstest du?** Compsognathus ist einer der kleinsten Dinosaurier, die je gefunden wurden, und wurde in Europa entdeckt.
- **Allosaurus:** Ein großer Fleischfresser und einer der gefährlichsten Dinosaurier der Jurazeit. Mit scharfen Zähnen und mächtigen Kiefern war er ein furchterregender Jäger.
    - **Wusstest du?** Allosaurus hatte starke Hinterbeine, die es ihm ermöglichten, schnell zu laufen und seine Beute zu verfolgen. Er war einer der größten Raubsaurier seiner Zeit.
- **Pterodactylus:** Ein Flugsaurier, der den Himmel der Jurazeit beherrschte. Mit seinen langen Flügeln und spitzen Zähnen jagte er Fische und kleine Tiere.
    - **Wusstest du?** Pterodactylus ist einer der ersten Flugsaurier, die von Wissenschaftlern entdeckt wurden, und sein Name bedeutet "geflügelter Finger".
- **Brontosaurus:** Ein riesiger Pflanzenfresser mit einem langen Hals, der in der Lage war, hohe Bäume zu erreichen. Er war einer der größten Dinosaurier der Jurazeit.

- **Wusstest du?** Brontosaurus konnte über 22 Meter lang werden und wog so viel wie fünf bis sechs Elefanten!

- **Plesiochelys**: Eine große, schildkrötenähnliche Kreatur, die während der Jurazeit in den flachen Gewässern lebte. Mit ihrem robusten Panzer und den kräftigen Gliedmaßen war sie perfekt an das Leben im Wasser angepasst.
  - **Wusstest du?** Plesiochelys gehörte zu den ersten bekannten Wasserschildkröten. Sie war ein geschickter Schwimmer und ernährte sich hauptsächlich von Fischen und Pflanzen, die sie in den Gewässern der Jurazeit fand. Ihr Name bedeutet „nahe bei den Schildkröten“ und zeigt ihre enge Verwandtschaft zu den heutigen Schildkröten.
- **Meganeura:** Eine Riesenlibelle mit einer Flügelspannweite von bis zu 65 Zentimetern, die in der prähistorischen Welt lebte.
  - **Wusstest du?** Meganeura gehört zu den größten Insekten, die je gelebt haben. Sie jagte kleinere Insekten und war ein gefährlicher Räuber in der Luft.

Pflanzenwelt der Jurazeit

- **Cyatheales**: Auch bekannt als Baumfarne, sind riesige Pflanzen, die in der Jurazeit weit verbreitet waren. Sie konnten bis zu 20 Meter hoch wachsen und dominierten die prähistorischen Wälder.
    - **Wusstest du?** Cyatheales sind eine der ältesten Pflanzenarten der Erde und existieren noch heute in einigen tropischen Regionen. In der Jurazeit bildeten sie dichte Wälder, die den Dinosauriern als Schutz und Nahrungsquelle dienten.
- **Prototaxites**: Ein gigantischer Pilz oder möglicherweise eine Alge, der in den Wäldern der prähistorischen Zeit wuchs. Er konnte bis zu 8 Meter hoch werden und war eine der größten lebenden Strukturen seiner Zeit.
    - **Wusstest du?** Prototaxites war lange Zeit ein Rätsel für Wissenschaftler, die sich nicht sicher waren, ob es sich um eine Pflanze, einen Pilz oder eine Alge handelte. Neuere Studien deuten darauf hin, dass es ein gigantischer Pilz war, der in den feuchten Umgebungen der Jurazeit wuchs.
- **Bennettitale**: Eine Gruppe von Pflanzen, die den heutigen Palmen ähneln, aber zu einer eigenen, ausgestorbenen Pflanzenordnung gehören. Sie hatten große, robuste Blätter und entwickelten möglicherweise eine frühe Form der Bestäubung durch Insekten.
    - **Wusstest du?** Bennettitale waren einige der ersten Pflanzen, die Blüten entwickelten, um Insekten zur Bestäubung anzulocken. Diese Pflanzen spielten eine Schlüsselrolle in der Entwicklung der blühenden Pflanzen, die wir heute kennen.

Naturwunder und Geografie der Jurazeit

- **Vulkanlandschaften:** Vulkane waren in der Jurazeit häufig aktiv und formten die Landschaft mit Lavaflüssen und Aschewolken.
    - **Wusstest du?** Die Vulkanausbrüche in der Jurazeit trugen zur Bildung neuer Landmassen bei und beeinflussten das Klima dieser Zeit stark.
- **Urwälder:** Dichter, urzeitlicher Dschungel mit riesigen Farnen, Baumfarnen und exotischen Pflanzen, die es heute nicht mehr gibt.
    - **Wusstest du?** Die Wälder der Jurazeit bestanden vor allem aus Nadelbäumen, Farnen und riesigen Schachtelhalmen, die über 20 Meter hoch wurden.

Zeitreise und Portale

- **Zeitreisen in der Fiktion:** In vielen Geschichten ermöglichen magische Portale oder Maschinen die Reise in verschiedene Epochen. In der Wissenschaft ist die Zeitreise jedoch ein faszinierendes, aber bisher unerreichtes Konzept.
    - **Wusstest du?** Einige Theorien der Physik, wie die von Wurmlöchern, spekulieren über die Möglichkeit der Zeitreise, aber bisher gibt es keine Beweise dafür.
- **Portale in der Mythologie:** Portale, die zu anderen Welten führen, sind ein häufiges Motiv in Mythen und Legenden vieler Kulturen.
    - **Wusstest du?** In der nordischen Mythologie verbindet der Regenbogen Bifröst die Welt der Menschen mit der Welt der Götter.

Mystische Kräfte und Runen

- **Runen:** Alte Schriftzeichen, die oft mit Magie und mystischen Kräften in Verbindung gebracht werden. Sie wurden von den Germanen und Wikingern verwendet und galten als heilige Symbole.
    - **Wusstest du?** Einige Runen wurden verwendet, um Schutz zu bieten oder die Zukunft vorherzusagen, und ihre Bedeutung war oft geheimnisvoll.
- **Amulette:** Schmuckstücke, denen magische Kräfte zugeschrieben werden. Sie wurden oft getragen, um den Träger zu schützen oder besondere Fähigkeiten zu verleihen.
    - **Wusstest du?** In vielen Kulturen glaubte man, dass Amulette böse Geister abwehren und Glück bringen könnten.

Kampfkunst der Katzen

- **Kratz Maga:** Eine erfundene Kampfkunst für Katzen, die auf echten Kampfkünsten basiert, aber an die Fähigkeiten und Instinkte von Katzen angepasst ist.
    - **Wusstest du?** Der Name "Kratz Maga" spielt auf die reale Kampfkunst "Krav Maga" an, die von der israelischen Armee entwickelt wurde und auf schnelle, effektive Verteidigungstechniken setzt.

Danksagung

Eine Zeitreise ins Dinosaurier-Zeitalter zu unternehmen, ist für Katzen kein leichtes Unterfangen – und ein Buch darüber zu schreiben, ist es erst recht nicht! Doch dank der Unterstützung einiger besonderer Menschen hat dieses Projekt seine finale Form angenommen (und das ohne einen einzigen Kratzer... naja, fast!).

Zunächst ein herzliches Dankeschön an die Korrekturleserinnen Laura Böse und Marina Böse. Eure Adleraugen haben so manch verborgenen Tippfehler aufgespürt, der sich wie ein listiger Velociraptor in die Seiten geschlichen hat. Dank euch konnten wir verhindern, dass unsere Katzen in der falschen Zeit landen (oder schlimmer noch, dass sie "Feuer speien" anstelle von "fauchen" – wer weiß, welche Missverständnisse das ausgelöst hätte!).

Ein besonders großes Dankeschön geht an Tatjana Böse, die nicht nur bei der Überarbeitung geholfen, sondern auch tapfer Korrekturen vorgenommen hat. Ohne dich hätten unsere Katzen vielleicht mit den Dinosauriern Tee getrunken – und das hätte uns dann doch die wissenschaftliche Glaubwürdigkeit gekostet.

Andreas Hohmann, dir gebührt ein spezieller Platz in dieser Danksagung. Deine allgemeinen Hinweise und das Korrekturlesen haben uns geholfen, die Geschichte auf ein höheres Level zu bringen. Leider konnten wir aufgrund von Zeitmangel nicht alle deine wertvollen Anmerkungen berücksichtigen, aber keine Sorge – wir haben sie für zukünftige Abenteuer unserer felinen Zeitreisenden notiert! Wer weiß, vielleicht gibt es bald eine neue Version dieses Buches, in der die Katzen endlich auf deinen Rat hören und den T-Rex um den Weg zum nächsten Fischladen fragen.

Zum Abschluss ein riesiges Dankeschön an alle Leserinnen und Leser, die sich auf diese witzige Zeitreise mit unseren schnurrenden Helden begeben haben. Möge die Geschichte euch genauso viel Freude bereiten, wie uns das Schreiben und Überarbeiten – und möge eure nächste Begegnung mit einem Dinosaurier genauso reibungslos verlaufen wie bei unseren Katzen (nämlich mit einem eleganten Sprung durch das Zeitportal zurück auf das heimischen Sofa)!

Mit schnurrigen Grüßen und einem Hauch prähistorischem Staub,

Tobias Böse & Henry Kadow

Printed in Poland
by Amazon Fulfillment
Poland Sp. z o.o., Wrocław

39268327R00047